조선왕조실록 등에 보이는
남명南冥 조식曹植 (2)

이 책은 2008년도 경상남도 지원금에 의해 개발되었음.

경상대학교 남명학연구소
남명학교양총서 14

남명 전기 자료

조선왕조실록 등에 보이는
남명南冥 조식曹植 (2)

崔錫起 편역

景仁文化社

책머리에

이 책은 조선왕조실록 및 승정원일기 등에 나타나는 남명 조식 선생 기사를 뽑아 유형별로 정리하고 번역한 것으로, 남명 선생이 돌아가신 뒤의 기록들이다. 목차를 보면 알 수 있지만, 크게 남명 선생의 인물이나 학문에 대한 후인들의 평, 관직을 추증해 달라는 요청, 시호를 내려 달라는 요청, 남명 선생을 위한 서원의 건립 및 사액 요청, 성균관 대성전에 선생을 배향해 달라는 요청 등으로 분류해 놓았다.

나는 이 책을 만들면서 선생의 말년 상소에 언급한 '우리나라는 서리 때문에 망할 것이다'라고 한 말씀이 조선이 망할 때까지 조정에서 계속 거론되고 있는 사실에 매우 놀랐다. 그리고 선생의 그 말씀이 당시의 문제점을 얼마나 정확하게 지적한 것인지, 현실을 꿰뚫어 보는 안목이 얼마나 예리한지 새삼 감탄에 감탄을 거듭했다. 그 소름끼치는 현실주의정신이 나를 한 동안 멍하게 했다.

선생은 이 한 마디로도 조선시대 내내 정신적으로 살아 계셨다고 해도 과언이 아닐 것이다. 당시 그 누가 서리나 아전의 폐해를 선생처럼 그렇게 중차대한 문제로 인식했단 말인가. 당시 병폐의 근원을 정확히 진단하지 않고서 어떻게 이런 말을 했겠는가. 선생이 1567년 '구급救急' 두 자를 올려 몸을 대신한다고 한 상소를 보면, '다할 진[盡]' 자를 17번이나 쓰면서 당시의 심각한 폐단을 극진히 드러냈고, 21가지의 병폐를 일일이 열거하였다.

갓 즉위하여 나라를 새롭게 다스릴 구상을 하고 있는 젊은 임금 선조에게 원기·사기·기강·윤리 등 십여 가지 나라의 근본이 다 없어졌으니, 그것을 새롭게 세워야 한다는 간절한 부탁이었다. 그 중에 하나가 아전 같은 하급 관료들이 나라의 실무를 좌지우지하고 있어 나라꼴이 말이 아니니, 그 근본적인 대책을 세워 제도를 개선하라는 주문이었다.

이는 현실문제에 대해 예리한 인식이 있었기 때문이다. 무엇이 당대의 문제점인지를 정확히 진단하는 현실인식이 없이는 이런 말을 할 수 없다. 나는 이런 선생의 정신을 현실주의의 극치라고 생각한다. 현실의 문제점을 정확히 읽고, 그에 대한 해결책을 이리저리 고민하고, 그리고 그에 대해 수수방관하는 조정을 가차 없이 비판하여 그 시대에 경종을 울리는 것이, 어디 말처럼 그렇게 쉬운 일이랴.

그런데 일각에서는 남명 선생을 두고 '시비론에 매몰된 조선 성리학자들의 단견短見'이라고 말하는 이가 있다. 아마도 선생의 본질을 잘 모르고서 한 말이겠지만, 내 귀에는 그 말이 수상하게 들린다. 꼭 식민지근대화론을 논하는 사람들의 말처럼 들린다.

그것이 남명 선생의 근본인가? 아니다. 결코 그렇지 않다. 어디 인간을 알기가 그리 쉬운 일이며, 시대를 알기가 그리 쉬운 일이던가.

이 책에는 남명 선생이 돌아가시고 난 뒤에 후학들이 선생을 현창하기 위해 노력한 여러 일들이 모아져 있다. 예컨대 1883년까지 선생을 문묘에 종사해 달라는 사림의 요청이 중단되지 않고 끊임없이 이어져 44회나 상소를 올렸다. 이를 통해 나는 살아 있는 지성을 다시 보았다. 그리고 높은 학덕과 정의는 그 무엇으로도 깎아내릴 수 없다는 것을 새삼 인식하였다. 우리 시대에도 그런 정신이 죽지 않고 살아 있기를 간절히 바랄 뿐이다. 다시 말하거니와, 남명 선생이 문묘에 배향되지 못한 것은 우리 역사의 불행이요 수치이다. 그 시대 권력을 가진 자들의 공명정대한 마음이 부족했기 때문이다.

그래서 정조가 남명 선생에게 제사를 지낼 때의 제문을 여기에 인용해 본다.

얼마나 다행인가 우리 남명이,	何幸南冥
동국에 태어난 것이.	乃生東國
깨끗하고 맑은 성품에,	灑灑落落
우뚝하고 우뚝한 기상.	巖巖屹屹
빼어나고 특이한 자질에,	絶異之質
홀로 터득한 탁월한 견해.	獨得之見
밤낮으로 쉬지 않고 공부한 것,	焚膏繼晷
사서와 육경의 경전공부였지.	四子六經

정조 같은 학자군주도 남명 선생을 이렇게 평했는데, 왜 문묘에는 종사하지 못한 것일까? 역사의 아이러니일까? 아니다. 임금도 마음대로 할 수 없기 때문이다. 권력을 가진 자들은 재야에서 정의를 부르짖는 사람을 경시하고 미워한다. 바른 말 하는 사람을 좋아하는 사람은 실제로 그렇게 많지 않다. 그래서 외로운 법이다. 남명 선생이 문묘에 종사되지 못한 것은 돈과 권력을 가진 자들이 싫어하는 인물형이었기 때문이다. 선생이 지금 세상에 살아도 마찬가지였을 것이다. 아! 이 대목에 이르면 절로 탄식이 나온다.

　　끝으로 남명학 교양총서를 계속 잘 만들어주시는 경인문화사 한정희 사장님 이하 전 직원 여러분께 거듭 감사를 드린다.

2009년 5월 15일
경상대학교 남명학관 산해실에서
최석기가 쓰다.

목차 *contents*

□ 책머리에

Ⅰ. 『조선왕조실록』소재 조식曺植 관련 기사-졸년 이후 ‖ 1

1. 조식의 인물 및 학문에 대한 평 ································1
2. 우리나라는 서리 때문에 망할 것이다 ······················29
3. 조식을 위한 추증追贈 및 사시賜諡 요청 ·················53
4. 조식을 위한 서원 건립 및 사액 요청 ····················62
5. 조식을 문묘文廟에 배향하자는 의논 ·····················85
6. 조식의 문인들에 관한 기사 ·····························129
7. 기 타 ···158

Ⅱ. 『지봉유설芝峯類說』소재 조식 관련 기사 ‖ 165

일러두기

1. 이 책의 내용은 『조선왕조실록』 및 『승정원일기』에 수록된 남명 조식 관련 기사 가운데 조식의 졸년인 1572년 이후의 기록을 뽑아 유형별로 나누어 정리하고, 뒤에 이수광李睟光의 『지봉유설芝峯類說』에 실린 조식 관련 기사를 뽑아 붙인 것이다. 기타 다른 전집류에도 조식 관련 기사가 보이지만, 내용이 단편적이거나 중복되어 별난 내용이 없으므로 제외하였다.

2. 『조선왕조실록』에 수록된 조식 관련 기사 중 조식의 졸년인 1572년 이전의 기록은 별책으로 간행하였으며, 이 책은 그 후속편에 해당한다.

3. 이 책은 국사편찬위원회에서 영인한 『조선왕조실록』 원본과 한국고전번역원(민족문화추진회)에서 번역한 『조선왕조실록』을 참고하였다. 번역문은 기왕의 번역을 참고하되, 독자들이 편하게 읽을 수 있도록 새로 번역한 것이다.

4. 『조선왕조실록』 가운데 『선조실록』과 『선조수정실록』의

기사가 동일한 내용이 중복되는 경우는 『선조수정실록』
의 기사를 제외하였다.

5. 『조선왕조실록』 기사 중 단순히 '조식'의 이름만 보이고,
내용이 조식과 관련되지 않은 기사는 제외하였다.

6. 『조선왕조실록』 기사 중 다른 인물에 관한 기사일지라도
조식과 관련이 있는 내용은, 부분적으로 발췌하여 수록
하였다.

7. 분량이 많은 기사는 조식 관련 부분만 발췌하고 나머지
는 생략하였다.

8. 이 책의 성격상 꼭 필요한 경우에만 주석을 달았다.

9. 원문의 간주間註는 【 】 속에 넣어 구별하였고, '史臣曰'
은 ⊂ ⊃ 속에 넣어 구별하였다. 간주 가운데 본문을 읽
는 데 방해가 되는 불필요한 부분은 일부 생략하였다.

10. 번역문 밑에 원문을 제시하여 참고하게 하였으며, 원문
밑에 출전을 명기하였다.

Ⅰ. 『조선왕조실록』 소재 조식曺植 관련 기사 — 졸년 이후

1. 조식의 인물 및 학문에 대한 평

01. 경연에서 조식의 학문에 관해 묻다.

임금이 경연에서 이황李滉의 문인 중에 조정에서 벼슬한 자가 몇이나 되는지를 묻자, 유희춘柳希春이 정유일鄭惟一·구봉령具鳳齡이 있다고 대답하였다. 김우옹이 아뢰기를,

"김성일金誠一도 그 중 한 사람입니다."

라고 하니, 유희춘이 아뢰기를,

"김우옹도 이황의 문인인 듯합니다."

라고 하자, 김우옹이 아뢰기를,

> "소신은 사는 곳이 약간 멀어 그의 문하에서 배우지 못하였
> 습니다. 고 징사徵士 조식曺植이 신의 스승입니다."

라고 하였다. 상이 이어 조식의 학문이 어떠했는지를 묻자, 김우
옹이 대답하기를,

> "그의 치지致知의 공부는 이황李滉처럼 넓고 크지는 못한 듯
> 합니다. 그러나 그의 몸소 실천하는 공부는 매우 독실하여 정신
> 과 기백氣魄이 사람을 경동驚動시키고 깨우치는 점이 있습니다.
> 그러므로 그의 문하에서 공부한 사람은 절도 있는 행실이 있어
> 일을 맡을 만한 자가 많습니다. 신과 같은 자는 자질이 노둔하
> 여 하나도 얻은 것이 없습니다."

라고 하였다.

○ 上於經筵 問李滉門人立朝者有幾 柳希春以鄭惟一具鳳
齡對 宇顒曰 金誠一亦其人也 希春曰 宇顒恐亦是滉門人也 宇
顒曰 小臣所居稍遠 未及受業於其門 故徵士曺植 實臣之所事也
上因問 植之學如何 對曰 其致知之功 似不若滉之博大也 然其
躬行踐履之工甚篤 精神氣魄 有動寤人處 故遊其門者 多有節行
可任事之人 若臣者 資材駑拙 未有一得也

≪출전≫『宣祖修正實錄』권7, 선조 6년(1573, 癸酉) 9월 1일(戊寅)

02. 주강晝講에 『서경』을 강한 뒤 이항李恒 · 조식曺植 등에 대해 논하다.

주강晝講에 특진관特進官 강섬姜暹·윤현尹鉉, 도승지 유전柳㙉, 유희춘柳希春이 입시하였다. 『서경』「태갑 상太甲上」의 '이윤伊尹이 이에 말하기를 선왕先王이 먼동틀 때 크게 자기의 덕을 밝혀……[伊尹乃言曰 先王昧爽丕顯……]'로부터 '검소한 덕을 삼가[愼乃儉德]'까지 한 단락을 강하였다. <중략>

강독이 끝나고서 유희춘이 나아가 아뢰기를,

"지난번 홍문관에서 올린 차자箚子에 '이황李滉의 문인으로서 서술한 자'란 바로 조목趙穆을 가리킨 것입니다."

라고 하였다. 임금이 이르기를,

"이황의 문인 가운데 조정에서 벼슬하는 자가 있는가?"

라고 하니, 유희춘이 다시 아뢰기를,

"정유일鄭惟一·정탁鄭琢·김취려金就礪 등입니다. 이황이 사직하고 고향으로 떠날 때, 전하께서는 그가 노쇠하고 병든 것을 근심하였는데, 신들도 그가 떠나는 것을 억지로라도 만류하라고 전하께 권하지 못하였습니다. 그래서 그때는 항상 한스럽게 여겼습니다. 그러나 지금에 이르러 보니 또한 유감이 없습니다. 이황이 기사년(1569)에 사직하고 돌아가, 경오년(1570)에 졸하였습니다. 그 문인들도 모두 사양하고 물러가, 감히 행장行狀을 지어 올리지 못하였습니다. 사림들은 모두 속히 시호諡號가 내리는 것 보기를 바랐으니, 이것이 공론입니다. 이황은 『주자대전朱子大全』을 교정한 데 지극한 공이 있습니다. 『주자대전』의 교정은 이황의 공이 반은 됩니다. 이황이 살아 있다면, 어찌 전하께서 내리시는 상을 받지 않았겠습니까?"

라고 하였다. 임금이 김우옹金宇顒에게 묻기를,

"조식曺植은 사람을 가르치는 것이 어떠했는가?"

라고 하니, 김우옹이 아뢰기를,

"조식의 박문博文·궁리窮理는 이황만 못합니다. 그러나 사람에게 정신精神과 기개氣槪를 가르쳐 흥기된 자가 많으니, 최영경崔永慶·정인홍鄭仁弘 같은 자들이 그런 사람입니다."

라고 하였다. 임금이 이르기를,

"이항李恒은 사서四書만 읽게 한다는데, 이 또한 옳다. 대개 서적이 많지 않았던 옛날에는 어진 이가 많았다. 글이 많아질수록 사람들의 성취는 더욱 적어졌다."

라고 하니, 유희춘이 아뢰기를,

남명 전기 자료

"글을 널리 보는 것을 하찮게 여길 수는 없습니다. 대개 널리 보기만 하고 정밀하지 못하면 시비是非・정조精粗의 구별할 줄 모르니, 많이 읽은들 무엇하겠습니까? 널리 배우고 상세히 이치를 밝혀 반드시 그 이치를 궁구한다면, 어찌 유익함이 있지 않겠습니까? 다만 학문은 넓게 하기를 바라되 잡되게 하기를 바라지 않고, 간략하게 하기를 바라되 고루하지 않기를 바라야 합니다. 잡된 것은 넓은 듯하고 고루한 것은 간략한 듯하니, 이 점은 살피지 않을 수 없습니다. 이항은 오로지 간략함을 힘쓰는 사람이기 때문에 이런 말을 한 것입니다."

라고 하였다. 유희춘이 또 아뢰기를,

"학문이 넓은 것은 아는 것이 요약된 것만 못하고, 아는 것이 요약된 것은 행실이 절실한 것만 못합니다. 임금은 만 가지 기무機務가 번다하니, 어찌 지엽적인 것에 정신을 둘 수 있겠습니까? 글을 읽으실 적에는 긴요한 것만 취하여 체념體念하셔야 할 것입니다."

라고 하였다.

○ 丙午 晝講 特進官姜暹尹鉉 都承旨柳塤 柳希春入侍 講伊尹乃言曰先王昧爽丕顯一段 愼乃儉德一段 <중략> 講畢 希春進曰 頃日 館箚子所云 李滉門人敍述者 指趙穆 上曰 李滉門人亦有立朝者乎 對曰 鄭惟一鄭琢金就礪等 是也 李滉之乞身而去也 上愍其衰病 臣等亦不勸上强留 其時常以爲恨 至今觀之 亦爲無憾 己巳告歸 而庚午身沒也 其門人亦皆謙退 不敢呈行狀 士林

咸欲速見易名 此公論也 渾之校正朱子大全 至爲有功 朱子大全
之校正 渾之功居半 使渾尙在 豈不受賜 上問金宇顒曰 曹植敎人
如何 宇顒曰 植之博文窮理 不如李滉 然敎人精神氣槪 多有興起
者 如崔永慶鄭仁弘之類 是也 上曰 聞李恒只令讀四書 此亦是
蓋書不多時 古人多賢 文字愈多 而人之成就愈下 柳希春對曰 博
觀文字 亦不可少 蓋博而不精 不知是非精粗之別 則雖多何爲 若
能博學詳說 而必窮其理 則豈不有益乎 但學欲博不欲雜 欲約不
欲陋 雜者似博 陋者似約 此不可不察也 李恒專務簡約 故有此說
耳 又曰 學之博 未若知之要 知之要 未若行之切 人君萬機之繁
豈能留神於枝葉 文字上 但當取其緊要者 而體念耳

≪출전≫『宣祖實錄』권7, 선조 6년(1573, 癸酉) 11월 30일(丙午)

03. 주강晝講에 『서경』을 강하고 조식의
학문에 대해 논하다.

　주강에 특진관特進官 허세린許世麟·이희검李希儉, 승지 이증李增, 수찬 김우옹金宇顒, 진강관進講官 조정기趙廷機, 사관史官 허명許銘·이양중李養中·조원趙瑗이 입시하였다. 「태갑 상太甲上」의 '이윤이 아뢰기를[伊尹曰]'부터 주석 '다음 편의 뜻을 일으켰다[以發此篇之義]'까지 진강하였다. <중략>
　임금이 이어 김우옹金宇顒에게 하문하기를,

　　"그대는 조식曺植에게 수업하였으니, 반드시 들은 바가 있을 것이다. 또 그대를 보면 학문한 것이 독실한 듯하니, 평소 학문하는 공부에 대해 말해 보거라. 내 들어 보겠다."

라고 하니, 김우옹이 황공해 하며 아뢰기를,

　　"신은 젊어서 스승과 벗들을 따라 대략 들은 것이 있습니다. 또 10년 동안 부지런히 애쓰며 이 학문에 종사하였으나, 자질이 어리석고 학문이 얕아서 조금도 터득한 것이 없습니다. 게다가 공부를 꾸준히 하지 않고 하다 쉬었다 하였으므로, 귀로 듣고 입으로 옮기는 누습을 면치 못하여 끝내 분명하고 확고한 견해가 없습니다. 다행히 성대한 세상을 만나 외람되이 경연에서 전하를 모시게 되어, 들은 바에 따라 아뢰었을 뿐입니다. 엎드려 생각건대 성명聖明께서 이미 신의 어리석음을 통촉하고 계실 것입니다.

그러나 학문에는 특별히 묘한 방법이 없습니다. 맹자孟子는 '학문을 하는 길은 다른 것이 없다. 놓아 버린 마음을 구하는 것일 뿐이다.'라고 하였고, 선유先儒들도 '경敬 한 자가 지극히 요약된 곳이다.'라고 하였습니다. 이른바 경敬이란 '오직 두려워하는 것이 그에 가깝다.[惟畏近之]'1)는 것과 '장엄하고 공손하고 공경하고 두려워한다.[嚴恭寅畏]'2)는 것이니, 감히 스스로 한가하고 안일하게 지내지 않으면, 이 마음이 늘 보전되어 학문이 진취될 것입니다. 그러나 이 학문은 단절되는 것이 가장 두려우니, 단절되면 바로 성취하지 못합니다. 그러므로 옛날 사람들도 이 점을 근심하였습니다. 상채上蔡 사양좌謝良佐3)는 일과를 기록하는 장부를 만들어 놓고서 일상의 보고 듣고 말하고 행동하는[視聽言動] 것이 예禮에 맞는지 맞지 않는지를 기록하였습니다. 옛날 사람이 절실하게 공부를 한 것이 대개 이와 같았습니다."

라고 하니, 임금이 이르기를,

"학문하는 방법은 놓아 버린 마음을 구하는 데 있고, 놓아 버린 마음을 구하는 것은 반드시 경敬으로써 해야 한다. 이 말은 참으로 요약된 것이다. 일과를 기록하는 장부를 만들어 놓고 살펴 기록하는 것과 같은 일은, 공부를 하는 방법에 있어 치우친 것이다. 어찌 반드시 이와 같이 한 뒤에야 학문을 하겠는가?"

라고 하였다. 임금이 또 이르기를,

"옛날 사람 중에는 누런 콩과 검은 콩을 던진 사람4)도 있었으니, 이런 경우는 모두 치우친 것이다."

남명 전기 자료

라고 하자, 김우옹이 아뢰기를,

　　"그것은 참으로 치우친 일입니다. 학문을 하는 데 있어서 그
와 같이 할 필요는 없습니다. 다만 옛날 사람들은 학문에 단절
이 없기를 바랐을 뿐입니다. 그 의도가 매우 절실하니, 유념해
야 할 것입니다."

라고 하였다. 조정기趙廷機가 아뢰기를,

　　"옛 사람의 일은 치우치다고 말해서는 안 되고, 사모하여 따
라야 합니다."

라고 하자, 임금이 이르기를,

　　"그렇지 않다. 옛 사람의 일이라 하여 어찌 시비를 논하지
않을 수 있겠는가?"

라고 하였다. 김우옹이 아뢰기를,

　　"시비에 대해서는 강론하지 않을 수 없습니다. 다만 옛 사람
이 위기지학爲己之學을 한 점은 오늘날의 사람으로서는 따라갈
수 없습니다. 대저 이 학문은 고원한 데에 있지 않으니, 평상시
말하는 도와 성명性命의 오묘한 이치를 필요로 하지 않습니다.
단지 일상 생활 속에서 절실하게 붙잡고 지키며 깨우치고 이어
지게 해서 단절됨이 없게 해야 합니다. 단절됨을 알면 바로 수
습해야 합니다. 이와 같이 오래도록 하면 저절로 진취함이 있을
것입니다.

신이 보건대 숙흥야매잠凤興夜寐箴5)이 일상의 공부에 매우
절실합니다. 이황李滉이 이를 도표를 만들어 사시四時에 배열하
고 각각 공부를 할 바를 적어 놓아 매우 좋습니다. 신이 학문에
종사한 지 오래되지 않았다고 할 수는 없습니다. 성취한 것은
없으나 공부를 하는 어려움에 대해서는 잘 압니다. 필부가 산림
에 살면서 정좌靜坐를 일삼지 않으면, 일심一心의 미미함을 제어
하고 복종시키기 쉽지 않을 듯합니다. 잠시라도 살피지 않으면
단절되는 것을 이미 알게 됩니다. 전하처럼 총명하신 자질은 참
으로 일반인과 다를 것입니다. 그러나 마음을 붙잡기 어렵고,
공부에 단절이 있는 것에 대한 근심은 일반인과 다를 바가 없을
것입니다. 그런데 하물며 지위가 높고 부귀하여 사물에 마음을
빼앗기는 바가 지극히 많은 데 있어서이겠습니까? 정절하고 절
실하게 붙잡고 지키며 항상 마음을 보전해 공경하고 두려워하
지 않으면, 깊은 생각도 쉽게 방종한 데에 이르러 수습하기 어
려울 것이니, 엎드려 바라건대 깊이 유념하소서."

라고 하였다.

○ 戊申 晝講 特進官許世麟李希儉 承旨李增 修撰金宇顯
進講官趙廷機 史官許銘李養中趙瑗入侍 進講自伊尹曰 止以發
此篇之義 <중략>

上曰 然 因問曰 汝嘗受業於曹植 必有所聞 且見汝爲學 似
是篤實 須陳平日爲學工夫 予試聽焉 宇顯惶恐對曰 臣少從師友
粗有所聞 亦嘗辛勤十年 從事此學 而質愚學淺 未有分寸之得
作輟無常 不免口耳之習 終無的確見處 幸遭盛際 叨侍經幄 只
據所聞 每有敷陳 伏料 聖明必已洞照其愚矣 然學問別無妙法
孟子曰 學問之道 無他 求其放心而已 先儒曰 敬之一字 是至約

處 所謂敬者 惟畏近之 嚴恭寅畏 不敢自暇自逸 則此心常存 而
學進矣 然此學 最怕間斷 間斷便不成 古人亦患於此 上蔡謝良
佐 嘗置課簿 以記日用 視聽言動 禮與非禮 古人切實用工 類如
是 上曰 爲學之道 在於求放心 而求放心 須以敬 此固要約矣 如
課簿事 是用工偏處 豈須如此然後爲學 又曰 古人亦有投豆黃黑
者 都是偏了 宇顒曰 此固是偏 爲學固不須如此 然古人只要無
間斷 其意甚切實 所宜留念也 趙廷機曰 古人之事 不可言偏 只
當慕嚮 上曰 不然 古人之事 豈可不論是非 宇顒曰 是非則不可
不講 但古人爲己處 今人自是不及 大抵此學 不在高遠 不必常
談之道 性命之妙 只於日用動靜語默間 切實操持 提撕接續 不
使間斷 纔覺間斷 便卽收拾來 如此久之 自然有進 臣觀夙興夜
寐箴 甚切於日用之工 李滉作圖排列 四時各有用工地頭 甚好
臣經歷學問之事 不爲不久 雖無所成就 而知其用工之難 匹夫居
山林 無事靜坐 一心之微 似易制伏 而斯須不察 已覺間斷 若夫
人主 聰明資質 固異於人矣 然其難把持有間斷之患 恐亦無以異
也 而況崇高富貴 事物移奪處極多 若非密切操持 常存敬畏 則
深恐易至疏放 難收拾也 伏乞深加聖念

≪出典≫『宣祖實錄』권7, 선조 6년(1573, 癸酉) 12월 2일(戊申)

04. 처사 성운成運의 졸기.

처사 성운成運이 졸하였다. 성운의 자는 건숙健叔이며, 학자들이 '대곡선생大谷先生'이라 일컬었다. 성씨成氏는 본래 한양에서 살던 번성한 종족이다. 성운은 젊어서부터 세상을 피해 살 뜻이 있었다. 성균관에 입학하자 곧 과거공부를 포기하였고, 처의 고향인 보은報恩으로 내려가 그곳에서 살았다.

그가 살던 집에서 2~3리쯤 떨어진 곳에 수려한 계곡이 있었다. 그 곳에다 작은 집을 짓고서 소를 타고 왕래하였다. 거문고를 타고 시를 지으며 스스로 즐겼다. 선善을 즐거워하고 의義를 좋아하였으며, 남들과 다투는 일이 없었다. 집에 식량이 자주 떨어졌으나 태연자약하였다.

중종 말에 대신의 천거로 두 번이나 관직에 제수되었으나 나아가지 않았다. 명종 말에는 경전에 밝고 행실이 닦여진 사람[經明行修之人]으로 천거되어 역마를 내주며 불러 한양에 이르렀다. 임금이 인견引見한다는 명을 받자 병으로 사양하였고, 두 번이나 관직을 바꾸어 임명하였으나 모두 사양하고서 고향으로 돌아갔다.

지금 임금도 여러 번 관직에 제수하였지만 사양하고 나오지 않았다. 품계를 뛰어넘어 시정寺正6)에 제수하고 특별히 부른 것이 세 번이었으나 모두 사양하였다. 이에 임금이 그의 풍도와 지절志節을 고상하게 여겨 전후로 음식물과 의복을 하사하였으며,

또 사냥하는 매를 하사하였다. 그가 병이 들었다는 소식을 듣고서는 의원을 보내고 약을 쓰게 하였으며, 그가 졸하자 관리에게 명하여 장사 비용을 도우라고 명하였다.

그의 당질堂姪인 성혼成渾이 그의 묘에 다음과 같이 기록하였다.

"선생은 40년 동안 산림 속에서 사셨다. 선생이 문을 닫고 뜻한 바를 구한 것은 반드시 그 만한 학문이 있어서일 것이다. 선생이 겸손히 물러나서 지키는 것을 확고하게 한 것은 반드시 그 만한 소견이 있어서일 것이다. 선생이 자연을 즐기며 굶주림을 잊고 늙음이 닥치는 줄도 모른 것은 반드시 그 만한 즐거움이 있어서일 것이다. 그런데 사람들은 선생이 산간 계곡에서 노닐며 거문고와 책에 묻혀 스스로 즐거워한 것만 볼 뿐, 내면에 간직된 것을 능히 엿보고 헤아리는 이가 드물었다. 선생은 평생 남들의 입에 오르내리는 것을 원치 않으셨다. 그런 유언을 어길 수 없어 감히 묘비명을 글짓는 선비에게 청하지 않는다."

성운은 학도들을 모아 학문을 강론하는 것을 원치 않았다. 또 사람들과 더불어 세상사를 담론하고 국사를 말하는 것을 하지 않았다. 조식曺植・성제원成悌原과 서로 벗하면서 친하게 지냈다. 조식은 성품이 강개하여 여러 번 상소를 올려 시사時事를 말하였다. 성제원은 큰 재주가 있고 학식도 높았으나 방달放達을 좋아하였다.

당시에 은일隱逸로서 임금의 부름을 받은 자들이 모두 세상 사람들의 논평을 면치 못했으나, 성운만은 담박하고 깊고 겸양하여 흠을 찾을 만한 자취가 없었다. 조식이 매양 탄식하고 부러워하였다.

혹자는 '그의 형 성근成近이 을사년(1545)에 화를 당했다. 아마도 깊이 상처를 받은 듯하다. 그의 시문을 보면 그런 점을 알 수 있다.'고 한다.【성운은 아들이 없어서 처형의 아들을 데려다 길러 형의 딸과 혼인을 시켜서 자기의 후사後事를 주관하게 하였다. 이황李滉은 그의 학문이 노장老莊에 가깝다고 의심하였다.】

○ 處士成運卒 運字健叔 學者稱大谷先生 成氏本京居盛族 運少有遯世之志 纔登上庠 卽棄擧業 就報恩妻鄕 家焉 距家數里 有溪壑可玩 築小室其中 騎牛往來 彈琴賦詩自娛 樂善好義 與物無競 家食屢空 晏如也 中廟末 用大臣薦 再除官 不就 明廟末年 擧經明行修 驛召至京 命引對 辭以疾 再遷官 皆辭免以歸 今上朝 累除官 辭不至 超拜寺正 特召者三 皆辭 上高其風節 前後賜賚食物衣資 又賜鷹 聞其病 遣醫救藥 及卒 命官庀葬具 堂姪成渾識其墓曰 先生居林下四十年 其所以杜門求志者 必有其學 謙退確守者 必有其見 玩而忘飢 不知老之將至者 必有其樂 人但見考槃澗谷 琴書自娛而已 若其所存 則鮮能窺測 而平生不欲人稱述 遺旨不可違 故不敢請銘于立言之士云 運不肯聚徒講學 不與人談世故言國事 與曺植成悌元相友善 植慷慨 累封章言時事 悌元有大才 學識亦高 而好放達 當世以隱逸被徵召者 擧不免世議 惟運淡泊沖退 無迹可尋 植每歎羡焉 或言其兄近 遭乙巳之禍 蓋深有所創 觀其詩文可見云【運無子 養妻兄之子 妻以兄之女 使主後事 李滉疑其學近於老莊】

≪출전≫『宣祖修正實錄』권13, 선조 12년(1579, 己卯) 5월 1일(乙巳)

남명 전기 자료

05. 예조의 관원이 성운成運에게 증직贈職하는 일을 아뢰다.

이때 예조의 관원이 성운成運에게 증직하는 일을 아뢰었다. 임금이 노수신盧守愼에게 묻자, 그가 대답하기를,

"조식曹植·이항李恒·성운은 동시대의 어진 선비들입니다. 그런데 인품은 동일하지 않습니다. 조식은 지절志節과 기개氣槪가 높고 식견이 고매해서 성현의 글일지라도 만족하지 않게 여겼으므로 조금 병통이 있습니다. 성운은 온아溫雅하고 간결하고 침묵하며 초연히 세상사에 얽매이지 않았으므로 항상 겸양하는 자세로 스스로를 지켜 한 시대의 흠잡을 데 없는 완전한 사람이 되었습니다. 이항은 자신을 단속할 적에는 성현으로 법을 삼았고, 독서를 할 적에는 사서로 근본을 삼았으며, 사람을 인도할 적에는 기질을 변화시키는 것으로 급선무를 삼았기 때문에 학자들에게 공이 있는 것이 많습니다. 그러니 덕을 숨기고 사는 사람 가운데 혹 편벽된 점이 있는 자와는 같지 않습니다. 조식에게는 이미 증직해 주었으니, 이제 먼저 이항에게 증직하고, 다음에 성운에게 증직하는 것이 마땅하겠습니다."

라고 하였다.

○ 時 禮官議成運贈爵 上問盧守愼 對曰 曹植李恒成運 同時賢士 而人品則不同 曹植志氣凌厲 識見超邁 雖聖賢之書 亦

不屑意 故微有病處 成運溫雅簡默 超然不嬰世 故常謙讓自守
爲一世完人 李恒律身以聖賢爲法 讀書以四書爲本 導人以變化
氣質爲先 多有功於學者 非如隱德之人或有偏處 曺植已贈職矣
今先李恒 而次成運贈職當矣

≪출전≫ 『宣祖修正實錄』 권13, 선조 12년(1579, 己卯) 7월 1일(乙巳)

06. 대곡처사大谷處士 성운成運의 졸기와
남명南冥의 평.

대곡 처사大谷處士 성운成運이 졸하였다. 그는 타고난 자질이 순수하고 아름다운데다 학문을 더하여, 호연지기를 확충하고 심성을 수양해서 도가 있었다. 덕스러운 국량이 일찍 성취되어 안으로는 방정하고 엄숙하고 정직했으며, 밖으로는 평탄하고 화평하였다. 평생 세상사람을 놀라게 하거나 세속과 동떨어진 행동을 하려 하지 않았고, 속인들과 뒤섞여 지내면서 남이 알까 염려하였다. 자신을 내세우지 않고 항상 부족하게 여겼기 때문에 함께 살기 어려운 야박한 세속에 살았어도 나쁜 말을 하는 사람이 없었다.

남명 선생南冥先生과 벗이 되었는데, 남명이 다른 사람에게 말하기를,

"성운은 정련한 금이나 아름다운 옥과 같다. 찬란한 광채를 내면에 머금고 있어 속마음이 온화한 사람이니, 내가 따라갈 수 없는 점이다."

라고 하였다. 그는 젊어서 과거공부에 종사하였는데, 문장을 지을 적에는 반드시 『서경』의 「요전堯典」·「순전舜典」·「대우모大禹謨」·「고요모皐陶謨」를 본받고, 세속의 과거장에서 쓰는 말을

조선왕조실록 등에 보이는 남명南冥 조식曹植 (2)

익히는 것을 부끄럽게 여겼다.

　중종 때 대신의 천거로 사직참봉社稷參奉에 제수되었는데, 병을 핑계로 사직하고 나아가지 않았다. 만년에는 세도가 변하는 것을 보고서 인간사에 뜻이 없어 산림 속으로 종적을 감추고 알려지기를 원치 않았다. 그래서 조정에 있는 관료나 재야에 사는 선비로서 그를 만난 사람은 모두 그가 덕을 숨기는 군자임을 알았다.

　명종 때 광릉참봉光陵參奉에 제수하자, 사은숙배하고 부임하였는데, 며칠이 지나지 않아 사직하고 전에 살던 산 속으로 돌아갔다. 그 후에 유일遺逸로 천거되어 육행六行[7]을 갖춘 인물로서 선두 대열에 발탁되었다. 임금이 궁궐로 이들을 불러 면대하고 나라를 다스리는 방도를 물었는데, 그는 병을 핑계로 쉬게 해달라며 면대하는 데 나아가려 하지 않았다.

　여러 차례 관직에 제수하는 명을 받았으나, 소장疏章을 올려 사양하는 뜻을 밝히고 끝내 자신의 뜻을 굽히지 않았다. 임금의 은명恩命을 받을 때마다 언제나 놀라고 두려워하였는데, 며칠이 지나도록 그런 마음을 지니고 해이하지 않았다.

　학문을 하는 데는 마음을 경敬에 두는 것[居敬]을 근본으로 삼고, 실천[踐履]을 먼저 해야 할 일로 삼았다. 용모를 반드시 장엄하게 하고, 거처할 적에는 반드시 공손하게 하여, 마치 신명神明을 대하는 것처럼 엄숙하게 하였다. 비록 아무도 없는 어두운 곳에 홀로 있을 적에도 집안 사람이나 자제들이 그의 나태한 모습을 본 적이 없었다.

남명 전기 자료

배우는 자 가운데 객념客念이 함부로 일어나는 것을 걱정하는 자가 있었다. 그러자 그에게 훈계하기를, "이는 경敬을 지키는 공부[持敬工夫]가 독실하지 못해서이다. 경을 지키는 마음이 평상시에 있으면 이 마음이 고요하게 안정되어 객념·사념邪念이 용납되지 못하고, 망상忘想도 저절로 생겨남이 없을 것이다. 만약 사람이 마땅히 행해야 할 일[人事]을 외면하고 성명性命의 이치만 담론하는 것은 위지지학爲己之學이 아니다."라고 하였다.

그가 힘을 기울여 공부하는 것은 항상 사람이 마땅히 해야 할 일에 관한 것이 대부분이었다. 어버이를 섬기고 어른을 공경하는 데서부터 일상의 평범한 데에 이르기까지 어느 하나도 실천으로부터 나오지 않는 것이 없었다.

남명南冥은 젊은 시절부터 재주와 기상이 뛰어났는데, 그 의논이 퍽 고원하고 허탄한 쪽으로 지나쳤다. 그런 그가 선생의 독실한 실천과 평범한 실상을 보고서 의문이 풀린 듯이 기뻐하며 말하기를 "도가 이 사람에게 있다."고 하였다.

선생은 만년에 조예가 더욱 깊어져 말과 행동에 모남이 없이 원만하였다. 사람들이 선생을 접할 때, 안색이 겸손하고 공손하며 언사가 온화하고 평안한 것만 보고서도 자신도 모르게 심취되어 진실로 감복하였다. 외물에 대해 좋아하는 바가 없었고, 집안 살림이 매우 청빈하였으나 태연자약하였다.

아름다운 산수를 좋아하여 일찍이 속리산俗離山 기슭에 서실 한 칸을 지어 놓고서, 봄가을의 좋은 계절이 되면 하루도 빠짐없이 산 속을 유람하였다. 때론 시를 짓기도 하고, 때로는 술을 마시기도 하면서 마음 내키는 대로 소요하였다. 80세의 나이에도 생각이 시들지 않아 장엄하고 공경함이 날로 더 강해졌다. 사람들이 모두 선생을 우러르며 도맥道脈이 길이 이어질 것이라고 하였다.

○ 大谷處士成運卒 天資粹美 加以學問 充養有道 德器夙成 內則方嚴而正直 外實坦夷而和平 平生不肯作驚世絶俗之行 混跡同塵 惟恐人知 自視毁然 常若不足 以此難處薄俗 人不能以惡言加之 與南冥先生友 南冥語人曰 成運如精金美玉 含光內蘊 吾所不及也 少從事擧子業 爲文章 必法典謨 恥習世俗科場語 中廟朝 用大臣薦 除社稷參奉 辭疾不起 晩覩世變 無意人間事 晦迹山林 不求聞達 而朝野屬目 皆知其爲隱德君子也 明廟朝 拜光陵參奉 謝恩就職 不數日 辭歸故山 其後擧遺逸 以六行俱備 擢置前列 面對前殿 訪以治道 以病丐休 不肯登對 屢受除命 上章陳謝 終不屈 每得恩命 輒惕然驚惶 至數日不能解爲擧 以居敬爲本 以踐履爲先 容貌必莊 居處必恭 嚴然肅然 如對神明 雖在暗室幽獨之中 家人子弟未嘗見其隋容 學者有患客念妄起者 諭之曰 是由持敬之功不篤耳 若持敬有素 則此心靜然凝定 客邪不容 而妄想無自而生矣 以若外人事而談性命 非爲己之學也 其工夫着力 常於人事上居多 自事親敬長 以至日用尋常 無一不自踐履中來也 南冥少時 才氣超邁 議論頗過高虛 見先生篤行平實 釋然喜曰 道在是矣 晩來造詣益深 圭角渾然 人與之接 但見顏色謙恭 辭氣和易 而不自覺心醉而誠服也 於外物無所好

家甚淸貧 晏如也 雅好佳山水 嘗於離山之麓 築書室一間 春秋
令節 遊歷無虛日 或賦詩 或行酌 惟意所適 行年八十 意思不衰
莊敬日强 人皆仰之 以爲道脈之壽也

≪출전≫『宣祖實錄』권14, 선조 13년(1580, 庚辰) 6월 7일(乙巳)

조선왕조실록 등에 보이는 남명南冥 조식曹植 (2)

07. 을사년 사화의 여파.

조헌趙憲을 공주公州 주학제독관州學提督官으로 삼았다. 조헌이 상소하여 학정學政의 폐단을 논하면서 시사에 대하여 극력 아뢰었다. 그 상소에 아뢰기를,

"〈전략〉아! 이런 착한 사람들이 국가에 무엇을 저버렸고, 백성에 무엇을 저버렸기에 저 참소하는 자들이 기필코 모두 없애 버리려는 마음을 가지고 그만두지 않았단 말입니까? 오직 사화가 매우 심했기 때문에 기미를 아는 선비들은 모두 출처出處에 대해 삼갔습니다. 성수침成守琛은 기묘년(1519)의 사화가 일어날 줄 알고 도성의 인근에 숨었고, 성운成運은 동기간의 화를 당하고서 보은報恩에 숨었으며, 이황李滉은 동기간이 화를 당한 것에 상심하여 예안禮安으로 물러갔고, 임억령林億齡은 아우 임백령林百齡이 어진 이를 해치는 것을 보고 외지로 숨었습니다. 또한 서경덕徐敬德이 화담花潭에 은둔한 것, 김인후金麟厚가 벼슬에 뜻을 끊은 것, 조식曹植·이항李恒이 바닷가에 숨어서 살았던 것은 모두 을사년의 사화가 그들을 격분시킨 것입니다."

라고 하였다.

○ 朔壬戌 以趙憲爲公州州學提督官 憲上疏 因論學政之弊 而極言時事 其疏曰 〈전략〉
噫 此善人 何負於國家 何負於生民 而彼讒人者 必欲殄絶而

不已乎 惟其士禍之甚酷 故識微之士 咸謹於出處 成守琛知有己
卯之難 而隱於城市 成運身遇鴒原之慟 而藏於報恩 李湛心傷同
氣之被禍 而退居禮安 林億齡駭見百齡之戕賢 而棲遲外服 又如
徐敬德之遯于花潭 金麟厚之絶意名宦 曺植李恒之幽栖海隅 莫
非乙巳之禍 有以激之也

≪출전≫『宣祖修正實錄』권20, 선조 19년(1586, 丙戌) 10월 1일(壬戌)

조선왕조실록 등에 보이는 남명南冥 **조식**曺植 **(2)**

08. 하도下道에는 조식曹植이 있어 절의節義를 높였기 때문에 풍속이 볼 만하였다.

묘시卯時 정각(8시)에 상이 별전別殿에 나아가 『주역』을 강하였다. <중략>

강을 마치고 나서 윤승훈尹承勳이 나아가 아뢰기를,

"〈전략〉경상도는 본디 유자儒者가 많기로 이름난 곳입니다. 지난 날 상도上道에는 이황李滉이 있어 학문을 숭상하였고, 하도에는 조식曹植이 있어 절의를 높였기 때문에 풍속이 볼 만하였습니다. 그런데 근래에는 그곳 또한 잘못되어 간다고 합니다. 지금은 향중鄕中에서 풍헌風憲을 내는데 유사有司에게 조금이라도 혐의가 있으면 모함하는 것을 일삼는가 하면 정거停擧시키는 일도 임의로 하고 있다 합니다. 〈하략〉"

라고 하였다.

○ 己丑 卯正 上御別殿 講周易 <중략> 講畢 領事尹承勳進曰 <전략> 如慶尙一道 素號多儒 昔者 上道則有李滉在 以學問相尙 下道則有曹植在 以節義相高 故風俗頗有可觀 近聞亦爲誤入 今則 鄕中出風憲 有司小有嫌怨 以陷人爲事 停擧等事 任意爲之

《출전》『宣祖實錄』 권142, 선조 34년(1601, 辛丑) 10월 25일(己丑)

09. 의금부 경력 나덕윤羅德潤의 상소.

의금부 경력 나덕윤羅德潤이 상소하기를,

　"〈전략〉아, 우리 동방은 한 쪽에 치우치고 비루하여 선비들의 견문이 국한되어 있습니다. 그래서 인재가 사라지고 학문이 끊어지자, 도술道術은 분열되고 사특한 말이 일시에 일어나서, 다른 설이 사람을 해치는 것이 많습니다. 기묘사화(1519)·을사사화(1545)를 겪으면서 선비의 기상이 상실되었고, 사람의 도리가 거의 끊어지게 되었습니다. 다행히 이황李滉과 조식曺植이 그 시대에 태어나 학문과 기절氣節로 한 시대에 앞장서서 선도하자, 그 풍문을 듣고 흥기된 자들이 대체로 훌륭하였습니다.

　이에 우리 선왕先王(宣祖를 말함)께서 선비를 존숭하고 도를 중히 여기시어 그들을 불러 등용하였습니다. 그들 중 간혹 대간臺諫·시종侍從 자리에 발탁해 두시고서, 그들로 하여금 혼탁한 풍조를 배척하고 맑은 기풍을 드날리게 함으로써 조정의 기강을 진작시켰습니다. 대신들 중에 노수신盧守愼·박순朴淳 같은 사람을 얻어 오랫동안 정승 자리에 두고서, 어진 이를 높이고 선비를 사랑하게 하여 여러 아름다운 선비를 불러모으도록 하였습니다. 그러자 처음으로 관직에 임명된 선비들이 모두 향리와 고을의 선발에서 뽑힌 자들이었습니다. 이때에 인심이 크게 변하고 선비의 취향도 분명하였으므로 세도가 융성하여 볼 만했습니다. 〈하략〉"

라고 하였다.

○ 義禁府經歷 羅德潤上疏曰 <전략> 噫 我東僻陋 士局見
聞 人亡學絶 道術分裂 邪慝幷興 他技之害人者 多矣 自經己卯
乙巳之禍 士氣沮喪 人道幾乎息矣 唯幸李滉曹植出於其間 以學
問氣節 倡鳴一時 聞風而興起者 蓋彬彬焉 惟我先王崇儒重道
收召拔用 或擢置臺侍 使之激濁揚淸 以振起朝綱 大臣中又得如
盧守愼朴淳 久置相位 尊賢愛士 招集群彦 一命之士 皆出於鄕
擧里選之中 當是時 人心丕變 士趨式明 世道蔚乎可觀 <하략>

≪출전≫『光海君日記』권10, 광해 즉위년(1608, 戊申) 11월 12일(乙未)

남명 전기 자료

10. 검토관 이천보李天輔가 조식과 이황의 학문을 논하다.

임금이 소대召對에 나아갔다. 검토관 이천보가 글의 뜻을 인하여 아뢰기를,

"조식曹植의 학문은 문로門路가 순정純正하지 못했기 때문에 그의 문하에서 정인홍鄭仁弘이 나왔습니다. 이는 순경荀卿[8]의 문하에 이사李斯[9]가 나온 것과 같습니다. 조식이 경상우도에 살았기 때문에 경상우도 사람들은 오로지 기절氣節만을 숭상하며, 이황李滉이 경상좌도에 살았기 때문에 무신년(1728)의 난리 때 죄를 범한 사람이 없었습니다. 지금에 이르기까지 문학文學과 행의行誼가 있는 사람이 많으니, 그들을 거두어 등용해야 합니다."

라고 하니, 임금이 옳게 여겼다.

○ 上御召對 檢討官李天輔因文義言 曹植學問門路不純正 故其門下出鄭仁弘 如荀卿之有李斯 而植居右道 故右道之人專尚氣 李滉居左道 故戊申之亂 人無犯者 至于今 多有文學行誼者 宜收用 上可之

≪출전≫『英祖實錄』권52, 영조 16년(1740, 庚申) 12월 5일(辛丑)

11. 영조가 당대에 조식曺植 같은 사람이 없음을 한스럽게 여기다.

임금이 대신大臣과 비변사 당상관을 인견하였다. 우의정 김치인金致仁이 처음으로 경연에 입대入對하여, 전하의 성스러운 옥체를 잘 보전할 것, 힘써 겸손한 덕을 다할 것, 직언을 받아들일 것, 유술儒術을 숭상하고 장려할 것, 재용財用을 절제하는 방법 등에 대해 아뢰니, 임금이 모두 너그럽게 가납하였다. 그리고 하교하기를,

"지금 세상에 독서하는 선비 중 어찌 옛날 조식曺植 같은 자를 얻을 수 있겠는가? 단지 그런 사람이 없음을 한스럽게 여긴다."

라고 하였다.

○ 癸巳 上引見大臣備堂 右議政金致仁 初筵入對 陳保嗇聖躬 務盡謙德 容受直言 崇獎儒術 撙節財用之道 上幷優納之 教曰 今世讀書之士 安得如古曺植者類 但恨無其人也

≪출전≫ 『英祖實錄』 권106, 영조 41년(1765, 乙酉) 7월 20일(癸巳)

2. 우리나라는 서리 때문에 망할 것이다.

01. 우리나라는 서리 때문에 망할 것이다.

우부승지 이이李珥가 만언소萬言疏를 올려 시폐時弊에 관한 것과 재변을 없애고 덕을 진취시키는 것에 대한 설을 극진히 아뢰었다. 그 상소에 아뢰기를,

"신은 삼가 아룁니다. 정사는 시의時宜를 아는 것이 귀하고, 일은 실공實功을 힘쓰는 것이 중요합니다. 정사를 하면서 시의를 모르고, 일을 당하여 실공을 힘쓰지 않으면 비록 성군聖君과 현신賢臣이 서로 만난다 하더라도 치적治績이 이루어지지 않을 것입니다. 〈중략〉

기강을 바로잡는 일을 오로지 대간臺諫에게 맡기고 있는데, 한두 명 간사한 조무라기들만 잡아들이고 있으니, 이는 책임이나 면하는 데 불과합니다. 관리의 인사는 오로지 청탁으로 이루어지는데, 한두 명 명사名士만을 안배함으로써 공정하게 한다는 구실로 삼는 데 불과합니다. 그리하여 여러 관아의 관원들은 자신이 관장해야 할 일이 무엇인지 전혀 알지도 못한 채, 그럭저럭 세월을 보내며 경력을 쌓아 승진을 하려고만 합니다. 대소의 관원 중에 어찌 봉공멸사奉公滅私하는 사람이 한두 명쯤 없겠습

니까? 다만 그들의 형세가 외롭고 약하여 도움이 되지 못하고 있습니다.

감사監司는 순시를 하며 스스로 즐기면서 접대를 잘하고 못하는 것과 문서를 잘 만들고 못 만드는 것을 가지고 수령을 고과考課하고 있으니, 처벌과 승진을 명확히 하는 감사가 몇 명이나 되겠습니까?

절도사節度使는 엄한 형벌로써 자신의 위세를 드러내고 민간에서 약탈하여 자신을 떠받들고 있습니다. 백성을 어루만져 편안히 살게 하고 군사를 정예롭게 조련하는 두 가지 임무를 다 잘못하고 있습니다. 그러니 장수의 책임을 욕되지 않게 하는 자가 몇이나 되겠습니까?

수령守令은 단지 백성들에게 가렴주구하여 자신을 이롭게 하고 윗사람에게 아부하여 명예를 추구하고 있습니다. 능히 백성을 사랑하는 것으로 마음을 삼은 자는 손가락을 꼽을 정도로 매우 드뭅니다.

진장鎭將은 먼저 군졸의 숫자나 따지면서 자기에게 돌아올 면포綿布가 얼마나 될지를 따질 뿐입니다. 능히 나라를 방비하는 일로 걱정을 하는 자는 행여 한 사람도 없습니다.

오직 서리胥吏들만이 이 기회를 틈타 중요한 일의 처리를 집행하고 있습니다. 백성들의 고혈은 서리의 손에 거의 말라버린 형편입니다.

병적을 기록하는 일은 국가의 가장 중요한 일인데 뇌물이 횡행하여 가짜 문서가 진짜 기록을 혼란시키고 있습니다. 시골 백성들이 소[牛]를 내주려 해도 담당 아전들은 굳이 면포를 요구하여 소를 가지고 베를 바꾸게 됩니다. 그래서 소 값이 크게 떨어졌습니다. 이는 서울이나 시골이나 마찬가지입니다. 그러하여 백성의 원성이 들끓고 있습니다. 그런데 하물며 다른 일들이야 말해 무엇하겠습니까?

조식曹植이 일찍이 말하기를, '우리나라는 서리 때문에 망할 것이다.'라고 하였습니다. 이 말이 지나치기는 하지만 일리가 있습니다. 이는 신하들이 자기의 일을 책임지지 않는 잘못에서 연유한 것입니다. 관원이 각기 맡은 바 직책을 다하면, 어찌 서리가 나라를 망하게 하는 일이 있겠습니까?

지금 책임을 진 사람이 적임자가 아니라고 생각해 그들을 갈아치우려 하면, 한 시대의 인물이 이 정도에 불과하니 현명한 인재를 갑자기 얻기도 어려울 것입니다. 또 형벌과 법이 엄하지 않다 하여 그것을 엄중히 하려고 하면, 법이 엄중해질수록 간사한 자들이 더욱 불어나게 될 것이니, 법을 엄중히 하는 것도 폐단을 구제하는 방책이 아닙니다. 어찌할 수 없다고 여겨 그대로 방치해 두면, 온갖 폐단이 날로 늘어나고 온갖 일이 날로 그릇되어, 민생은 나날이 곤궁해지고 혼란과 쇠망이 반드시 뒤따를 것입니다. 이것이 걱정할 만한 두 번째 일입니다."

라고 하였다.

○ 右副承旨李珥上萬言疏 極陳時弊及弭災進德之說 其疏曰 <중략>

紀綱專委之臺閣 而不過摘抉一二奸細以塞責 銓選專出於請托 而不過安排一二名士以托公 以至庶司之官 漫不知所掌何事 惟知積日累朔以求遷 大小之官 豈無一二奉公忘私者哉 只是形單勢弱 不能有所裨益 監司巡遊自娛 以廚傳豐約 文書工拙爲殿最 能明黜陟者 有幾人乎 節帥嚴刑以自威 剝割以自奉 撫綏精練 兩失其榮 能不辱閫外之寄者 有幾人乎 守令只知斂民以自利 行媚以干譽 能以字牧爲心者 屈指甚鮮 鎭將先問軍卒之幾何 以計綿布之多少而已 能以防備爲慮者 絶無幸有 惟是胥吏之輩 投

조선왕조실록 등에 보이는 남명南冥 **조식**曹植 **(2)**

間抵隙 執其機要 生民膏血 殆盡於胥吏之手矣 至於籍兵 最是
大事 而賄賂交於路 僞券亂其眞 村民欲餽以牛 色吏必求緜布
以牛易布 牛價頓賤 京外皆然 衆口沸騰 況於他事乎 曺植嘗曰
我國以胥吏而亡 此言雖過 亦有理焉 此由群臣不任事之過也 官
各稱職 則安有以胥吏亡國者乎 今若以爲所任非人而欲易之 則
一時人物不過如此 賢才難以猝辦 以爲刑法不嚴 而欲重之 則法
重而奸益滋 且嚴法 非救弊之策也 以爲無可奈何 而置之則百弊
日增 庶績日敗 民生日困 而亂亡必隨 此其可憂者 二也

≪출전≫ 『宣祖修正實錄』 권8, 선조 7년(1574, 甲戌) 1월 1일(丁丑)

남명 전기 자료

02. 우리나라는 서리 때문에 망할 것이다.

묘시卯時 정각(08시)에 임금이 별전別殿에 나아가 『주역』을 강하였다. <중략>

임금이 이르기를,

　"영상은 오랫동안 병을 앓다가 지금 비로소 출사했으니, 할 말이 있으면 숨김없이 다 진언하라."

라고 하니, 유성룡이 아뢰기를,

　"소신이 무슨 할 말이 있겠습니까? 매양 민망하게 여기는 것은 국사가 날로 그릇되어 원수인 왜적이 아직도 우리나라 변경에 웅거하고 있는 것입니다. 이는 사소한 걱정거리가 아닌데, 폐단이 쌓인 나머지 일이 대부분 다스려지지 않고 있습니다. 외직에 있는 사람으로 말하자면, 장수는 적을 막을 책임이 있고, 수령은 백성을 어루만질 책임이 있으니, 어찌 할 일이 없겠습니까? 그런데 강 한복판에 떠서 갈 곳을 모르는 노 없는 배처럼 그럭저럭 세월만 보내고 있으니, 소신은 매양 이것이 걱정스럽습니다. 대개 방비에 대한 모든 일은 원수元帥가 스스로 조치해야 하는데, 어떻게 하고 있는지 모르겠습니다. 근일 장수가 자주 바뀌는데, 적이 혹 준동하지 않으면 다행이지만 준동하면 어떻게 하겠습니까? 내지內地는 상처를 치료하듯이 어루만져 점차 아물게 해야 할 것인데, 혼미하여 길을 잃고 갈 곳을 모르는 사람처럼 헤매고 있으니, 매우 걱정스럽습니다."

라고 하고서, 이어 앞의 자리를 가리키며 아뢰기를,

"자리를 짜는 일에 비유하자면, 반드시 그 날줄을 먼저 설치한 뒤에라야 자리를 짤 수 있는 것과 같습니다. 소신이 전에 병석에 있을 적에도 이미 진달하였습니다. '조선의 공사公事는 3일밖에 못 간다.[朝鮮公事三日]'고 하니, 이는 시속에서 기롱하는 말입니다. 지금부터 10년 동안 가벼운 잘못은 가볍게 죄주고, 무거운 잘못은 무겁게 죄주되 명분에 따라 실효를 책임지우면 어떻겠습니까?

사람을 등용하는 일로 말하자면, 경륜의 재주를 가진 사람은 적임자를 얻기가 어렵습니다. 편비編裨10) 같은 경우는 혹 적임자가 없지 않을 것입니다. 옛날 주공周公은 인재를 얻기 위해밥을 먹다가도 뱉고 사람을 만나러 나갔으며, 머리를 감다가도 거머쥐고 나가 선비를 예우하였습니다. 오늘날 정사를 할 적에도 능하면 등용하고 능하지 못하면 버려야 하니, 이와 같이 하지 않아서는 안 됩니다.

평상시에는 태평을 누려온 지 오래여서 일에 여러 가지 단서가 있습니다. 그러나 지금은 군사를 훈련시키고 양식을 마련하는 일이 바야흐로 급선무가 됩니다. 이런 5~6조목을 뽑아 조치하는 것이 마땅하겠습니다.

조식曺植의 말에 '우리나라는 서리胥吏 때문에 망할 것이다.'라고 하였습니다. 병조의 간사하고 교활한 서리들을 지난번 사방으로 분산시켰는데, 지금은 모두 다시 모여들어 간계를 부리는 데 못하는 짓이 없습니다. 중국에서는 과거에 급제한 뒤 예부禮部에 분속되면 예부에서 사무를 보고, 병부兵部에 소속된 자는 병부에서 정사를 봅니다. 모두 한 부서에서 오래 근무하기때문에 권한이 관원에게 있습니다. 우리나라는 관원은 잠시 있다가 갈려가고 서리書吏는 오래 그 자리에 있으니, 매우 부당합니다. 낭관郎官은 혹 30개월을 임기로 하여, 그의 능력 여부를 보

남명 전기 자료

아 혹 곧장 참의參議로 승진시키는 것도 불가할 것이 없습니다."

라고 하였다.

○ 卯正 上御別殿 講周易 <중략>

上曰 領相久病之餘 今始出仕 如有所言 悉陳無隱 成龍曰
小臣有何所言 每以爲悶者 國事日非 而讐賊尙據邊境 此非細虞
積弊之餘 事多不理 在外之人 將帥則責任禦戎 守令則責在撫民
豈無可爲之事 而悠悠泛泛 苟度時月 如中流無楫 不知所屆 小
臣每以此爲慮 大槪防備諸事 元帥自當措置 而未知何以爲之 近
日將帥數易 賊或不動則已 若動何以爲之 內地則如瘡痍之瘳 漸
漸瘳合可也 而如迷失道 不知去處 深以爲悶 仍指前席曰 譬如
織席 則必先理其經 然後可以織成 小臣頃日在病時 亦已上達
朝鮮公事三日 此時俗所譏之言也 自今限十年 輕則輕罪 重則重
罪 循名責實則如何 以用人言之 經綸之才 世難其人 至如褊裨
則或不無其人 昔 周公吐哺握髮以禮士 今於政事之際 能則用之
不能則舍之 不可不如是 常時昇平日久 事有多端 此時則練兵措
糧 方爲急務 此等五六條 抄出措爲宜當 曹植有言曰 我國以胥
吏亡 兵曹姦猾之吏 頃者分散四方 今皆還集 以售其姦 無所不
至 中原則出身之後 分於禮部 則觀政於禮部 分於兵部者 觀政
於兵部 皆爲久任 故權在官員 我國則官員如寄 書吏長在 甚爲
不當 郎官或限三十朔 觀其能否 或直陞參議 無不可

≪출전≫『宣祖實錄』권59, 선조 28년(1595, 乙未) 1월 22일(乙未)

03. 우리나라는 서리 때문에 망할 것이다.

임금이 별전別殿에 나아가 『주역』을 강하였다. 【특진관 이헌
국李憲國·이정형李廷馨, 참찬관 정희번鄭姬藩, 시독관 박홍로朴弘
老, 검토관 정경세鄭經世, 기사관 신성기辛成己·김신국金藎國·윤
의립尹義立이 입시하였다.】 <중략>
이헌국이 아뢰기를,

"도성의 잿더미 속에 도로 모여든 백성은 거의 없습니다. 시
가지에서 사고 파는 품목을 어찌 전하께서 다 아시겠습니까?
각 관아에서 물건을 살 적에 침탈하여 소요를 일으킴이 너무 많
아 원성이 크게 일어나고 있습니다. 이 역시 담당 관리가 잘 조
처하지 못하기 때문입니다. 당초 시민들은 담당 관리가 그렇게
하는 줄 모르고 전하께 원망을 돌려 무례하고 말도 안 되는 말
까지 하고 있으니, 어찌 통탄할 일이 아니겠습니까? 담당 관리
들이 한결같이 서리胥吏가 하자는 대로 따라 이런 걱정이 있게
된 것입니다. 조식曺植이 일찍이 '우리나라는 서리 때문에 망할
것이다.'라고 한 말은 참으로 명확한 의논입니다."

라고 하니, 임금이 이르기를,

"이는 하리下吏가 간교하고 외람된 짓을 해서 그런 것이 아
니라, 관원이 모든 공사公事를 그들의 손에 한결같이 위임했기
때문이다. 승정원으로 말하자면, 왕명을 출납하는 일도 승지들

이 직접 행하지 않고 있다."

라고 하였다.

○上御別殿 講周易【特進官李憲國李廷馨 參贊官鄭姬藩 侍
讀官朴弘老　檢討官鄭經世　記事官辛成已金藎國尹義立入侍】
<중략>
　憲國曰 都城灰燼之中 市民還集者 無幾 市中所貿 豈皆自上
所知者乎 各司貿易 侵撓甚多 咨怨大興 此亦有司不能善處之故
也 當初市民不知有司所爲 歸怨於上 至有無狀不道之言 豈不痛
心 爲有司者 一從胥吏所爲 致有此患 曹植嘗曰 我國亡於胥吏
眞確論也 上曰 此非下吏奸濫而然 官員凡公事 一委其手之故也
以政院言之 出納公事 亦不親執矣

≪출전≫『宣祖實錄』권60, 선조 28년(1595, 乙未) 2월 8일(辛亥)

조선왕조실록 등에 보이는 남명南冥 조식曹植 (2)

04. 우리나라는 하리下吏로 말미암아 망할 것이다.

임금이 이르기를,

"〈전략〉 근일 비밀을 출납할 적에 비밀이 모두 전파되어 미미한 일도 소문이 나지 않음이 없다. 이는 승정원이나 비변사의 관원이 손수 집행하지 않고 하리下吏에게 위임하여 망령되이 자존자대하며 머리를 들고 팔짱을 끼고 있기 때문이니, 매우 통탄할 일이다. 일찍이 조식曺植에게 들으니 '우리나라는 하리로 말미암아 망할 것이다.'고 하였다. 이 말이 실로 거짓이 아니다. 지금부터는 이 습관을 답습하지 말고 십분 비밀을 지키라. 〈하략〉"

라고 하였다.

○ 上曰 <전략> 近日秘密出納 莫不傳播 無微不見 此由於
政院 或備邊司之官 不自手執 委之於小吏 妄自尊大 昂首高拱
之所致 極爲痛心 曾聞曺植曰 我國由小吏而亡 信不誣矣 今後
勿蹈此習 十分秘密 <하략>

≪출전≫ 『宣祖實錄』 권74, 선조 29년(1596, 丙申) 4월 16일(壬子)

05. 나라를 망치는 것은 서리胥吏에서 기필할 것이다.

　▯사신은 논한다▮ 우리나라 서리胥吏의 폐단은 그 유래가 오래되었다. 명종 때 처사 조식曹植이 그 폐단을 극력 말하여 "나라를 망치는 것이 서리에서 기필할 것이다."라고 하였으니, 어찌 본 바가 없이 그렇게 말하였겠는가?

【史臣曰 本國胥吏之弊 其來久矣 明廟朝處士曹植 力言其弊 以爲亡國必於斯 豈無見而然也】

《출전》『宣祖實錄』권146, 선조 35년(1602, 壬寅) 2월 30일(癸巳)

06. 우리나라는 이서吏胥 때문에 반드시
망할 것이다.

묘시卯時(8시)에 경연을 열었다. 임금이 별전에 나아가니, 영경연사 심희수沈喜壽, 특진관 신잡申磼·김수金睟, 동지경연사 허욱許頊, 참찬관 홍식洪湜, 참찬관 송응순宋應洵, 사간 유영근柳永謹, 장령 이충양李忠養, 기사관 이척李惕, 전경典經 기협奇協, 기사관 임장任章·이현李俔이 입시하였다. 『주역』규괘睽卦를 강하였다. <중략>
심희수가 아뢰기를,

"조식曺植이 '우리나라는 이서吏胥들 때문에 반드시 망할 것이다.'라고 하였는데, 이제는 관절關節11) 때문에 필시 망할 것입니다."

라고 하니, 임금이 이르기를,

"편지하는 일을 없앤다면 모든 폐단을 지금부터 제거할 수 있을 것이다."

라고 하였다. 김수가 아뢰기를,

남명 전기 자료

"편지와 뇌물을 보내도 행해지는 경우와 행해지지 않는 경우가 있습니다."

라고 하니, 임금이 이르기를,

"무슨 말인가?"

라고 하자, 김수가 아뢰기를,

"권세가 있는 사람에게 보내면 청탁이 행해지지만, 권세가 없는 사람에게 보내면 그 청탁이 행해지지 않습니다."

라고 하였다.

☐**사신은 논한다**☐ 군신 사이에 격의 없는 대화를 하는 조정에서는 반드시 임금이 충성스런 말을 들려달라는 말을 한 뒤에, 임금의 부족한 점을 닦도록 하여 임금의 덕을 보양하는 법이다. 그런데 지금은 편지와 관련된 말을 하면서 단지 권세가 없다는 망설妄說로 임금의 귀를 번거롭게 하였다. 이는 오늘날에만 비웃음을 살 뿐 아니라, 후세까지 조롱을 받을 일이다. 이런 사람들을 어디에다 쓸 것인가?

○ 卯時 經筵 上御別殿 領事沈喜壽 特進官申礁金睟 同知事許頊 參贊官洪湜 參贊官宋應洵 司諫柳永謹 掌令李忠養 記事官

李愊 典經奇協 記事官任章 李俔入侍　讀周易睽卦 <중략>

喜壽曰 曹植云 我國以吏胥必亡云云 今則以關節必亡矣 上曰 若無片紙 凡弊端 可從此而祛矣 晬曰 片紙行下 亦有用有不用者矣 上曰 何謂耶 晬曰 有勢則用之 無勢則不用

【史臣曰 都兪一堂 必咨啓沃之言而後 交修不逮 以輔台德 今於片紙之言 祇以無勢之妄說 煩瀆天聽 此非獨取笑於當時 貽譏於後世 將焉用彼哉】

≪출전≫ 『宣祖實錄』 권190, 선조 38년(1605, 乙巳) 8월 1일(癸卯)

07. 우리나라는 서리 때문에 망할 것이다.

사간원이 아뢰기를,

　　"우리나라는 육조六曹·각사各司의 모든 문서에 대해 관원들이 관리하지 않고, 또 보관함에 보관해 두지도 않습니다. 일체를 하리下吏의 손에 맡긴 채, 관원들은 단지 하리들의 입만 쳐다보며 겨우 문서 끝에 서명만 할 뿐입니다. 이 때문에 간사한 짓이 날로 심해지고 관아의 일이 갈수록 허술해져서 백성들은 날로 더욱 고달파지고 있습니다. 선정신先正臣 조식曹植이 일찍이 말하기를 '우리나라는 서리胥吏 때문에 망할 것이다.'라고 하였는데, 불행히도 그 말이 오늘에 바로 징험되었습니다. 어찌 한심하지 않겠습니까? 〈하략〉"

라고 하였다.

　　○　司諫院啓曰　我國六曹及諸各司一應文書　官員不爲管攝 又不藏置於櫃中　一委於下吏手中　官員只仰其口　而僅署其紙尾 而已　以此姦濫日滋　而官事日益虛疎　民生日益用悴　先正臣曹植 嘗有言曰　我國以胥吏亡　不幸此言正驗於今日　豈不寒心哉

　　　　≪출전≫『光海君日記』권16, 광해 1년(1609, 己酉) 5월 7일(丁亥)

08. 우리나라는 서리 때문에 망할 것이다.

임금이 경연에 나아가 『서경』 「무일無逸」을 강하였다. <중략>
사헌부 집의 이호신李好信, 사간원 대사간 박이장朴而章이 여
악女樂에 관한 일과 정사신鄭士信의 일을 아뢰니, 임금이 이미
'하유하였다.'고 답하였다. 박이장이 아뢰기를,

  "예로부터 국가를 부지하는 것은 오직 기강에 달려있습니
다. 기강이 바로 서지 않으면 국가가 국가로서의 구실을 하지
못합니다. 근일 국가의 기강이 땅을 쓸어버린 듯이 없어졌으니,
비록 어떤 일을 하고자 해도 할 수가 없습니다.
  서리에 관한 한 가지 일을 가지고 말씀드리겠습니다. 서리
들은 국가를 좀먹고 백성을 병들게 하며, 연줄을 타고 폐단을
일으키는 것이 끝이 없습니다. 그런데도 각 관아에서 능히 금지
시키지 못하고, 조정에서도 능히 제어하지 못하여 오늘날의 고
질병이 된 지 오래입니다. 선정신 조식曺植의 말에 '우리나라는
서리胥吏 때문에 망할 것이니, 마땅히 목욕재계하고 그들의 토
벌을 청해야 한다.'고 하였습니다. 당시에는 그 말이 지나치다
생각했는데, 지금에 이르러서는 모두들 명언名言이라고 합니다.
비록 윤원형尹元衡·이량李樑 같은 권간權奸이라도 공론이 행해
지자, 오히려 물리칠 수 있었습니다. 하찮은 서리들이 이처럼
횡행하는 상황에 이르렀데도 그 폐단을 조금도 징계할 수 없으
니, 지극히 한심스럽습니다."

라고 하였다.

○ 庚戌三月二十六日壬寅 上御經筵 講尙書無逸 <중략>
執義李好信 大司諫朴而章 啓女樂及鄭士信事 王曰 已諭 而章
曰 自古扶持國家 唯在於紀綱 而紀綱不立 則國非其國 近日國
家紀綱 蕩然掃地 雖欲有爲 而不可得矣 以吏胥一事言之 蠹國
病民 夤緣作弊 罔有紀極 各司不能禁 朝廷不能制 爲當今膏肓
之疾 久矣 先正臣曺植之言曰 我國以胥吏亡 所當沐浴請討 當
時以其言爲過 到今皆以爲名言矣 雖如尹元衡李樑之權奸 公論
行 則猶可斥退之 至於幺麽吏胥 縱橫若此 而不能少懲其弊 極
可寒心

≪출전≫『光海君日記』권26, 광해 2년(1610, 庚戌) 3월 26일(壬寅)

조선왕조실록 등에 보이는 남명南冥 조식曺植 (2)

09. 우리나라는 서리 때문에 망할 것이다.

홍문관 부응교 김홍욱金弘郁, 교리 조복양趙復陽・이천기李天基, 수찬 홍처윤洪處尹・김식金鉽 등이 상차하기를,

"〈전략〉지금 백성의 일이 참으로 애통해 할 만합니다. 그 가운데에서도 공물貢物이 가장 백성을 병들게 하는 고질이 되었습니다. 당초 나누어 배정한 것도 균평하지 못하거니와, 그 고장에서 흔히 나는 물산도 감히 각 관아에 직접 납부하지 못하고, 반드시 1백 배의 값을 지급하여 사주인私主人에게 방납防納해야 합니다. 조식曹植이 이른바 '우리나라는 서리胥吏 때문에 망할 것이다.'라고 한 말이 빈말이 아닙니다. 지금 이 병폐를 바로잡으려면 별도로 도감都監을 두고, 시무時務를 알고 계획이 주밀한 사람을 당상관과 낭관으로 차출하여 그 폐단을 없애길 강구해서 그 병폐를 혁파하길 기약해야 할 것입니다. 〈하략〉"

○ 弘文館副應教金弘郁 校理趙復陽李天基 修撰洪處尹金鉽等上箚曰 <전략> 卽今民事 誠可哀痛 而其中貢物 最爲病民之膏肓 當初分定 旣不平均 雖其本土至賤之産 不敢直納于諸司 必給百倍之價 防納于私主人 曹植所謂我國以胥吏亡者 非虛語也 今欲救此之弊 別設都監 以識時務有計慮之人 差出堂上郎廳 講究料理 期於革弊

≪출전≫『仁祖實錄』권50, 인조 27년(1649, 己丑) 2월 14일(癸卯)

남명 전기 자료

10. 우리나라는 서리 때문에 망할 것이다.

임금이 홍정당興政堂에 나아가 호군護軍 이유태李惟泰, 공조 좌랑 이상李翔을 인견하였는데, 좌부승지 남용익南龍翼 및 사관 등이 입시하였다. 임금이 이유태가 올린 상소를 꺼내 남용익으로 하여금 읽게 하였다. <중략>

임금이 이르기를,

"대간들이 조금이라도 편치 못한 일이 있으면 곧 인피引避를 하고, 패초牌招하면 반드시 병을 핑계로 나오지 않는다. 아침에는 나오지 않았다가 저녁에 다시 와서 인피하고, 또 전례를 따라 체직을 청한다. 어찌 한 시각 안에 병이 나는 경우가 있는가?"

라고 하였다. 다시 상소문을 읽다가 서리書吏의 폐단에 관한 대목에 이르자, 이유태가 아뢰기를,

"우리나라는 서리의 폐단이 심히 많습니다. 관원들이 자기의 직무를 모르고 오로지 서리에게 위임하기 때문에 서리들이 그로 인해 농간을 부려 못하는 짓이 없습니다. 그러므로 유신儒臣 조식曺植이 말하기를, '우리나라는 서리 때문에 망할 것이다.'라고 하였습니다. 이이李珥도 '그 말이 지나치기는 하지만 또한 일리가 있다.'고 하였습니다."

조선왕조실록 등에 보이는 남명南冥 조식曺植 (2)

라고 하였다.

　　○ 上御興政堂 引見護軍李惟泰 工曹佐郞李翔 左副承旨南
龍翼及史官等入侍 <중략> 上曰 臺諫有些不安之事 則輒爲引
避 牌招則必稱病不進 朝旣不進 夕又來避 而又因前例請遞之
豈必有病於一刻之內也 又讀至書吏之弊 惟泰曰 我國書吏之弊
甚多 官員不知職事 而專委於書吏 因緣用奸 無所不至 故儒臣
曹植曰 我國以胥吏亡 李珥以爲此言雖過而亦有理矣

≪출전≫『顯宗實錄』권2, 현종 1년(1660, 庚子) 5월 9일(癸亥)

11. 우리나라는 서리에게 망할 것이다.

영중추부사領中樞府事 송시열宋時烈이 차자箚子를 올리기를,

"〈전략〉 신이 또 가만히 생각해 보건대, 소민小民이 힘을 다해 올이 가늘고 긴 면포綿布를 바칩니다. 그러나 서울에 이르면 모두 서리胥吏들이 바꾸어 바치기 때문에, 공용公用은 모두 올이 굵고 길이가 짧은 면포뿐입니다. 진실로 이른바 '아랫사람은 이익을 얻지만 윗사람은 원망을 사며, 백성은 고혈을 째내지만 아전은 배를 두드린다.'는 것입니다. 그래서 문성공文成公 이이李珥가 일찍이 조식曹植의 말을 외어 선조宣祖께 고하기를, '우리나라는 서리胥吏에게 망할 것입니다.'라고 하였으니, 유념하소서."

라고 하니, 임금이 답하기를,

"경이 백성을 위해 폐단을 구제해야 한다는 말은 참으로 마땅하다. 묘당廟堂으로 하여금 상의해 아뢰게 해서 조처하도록 하겠다."

라고 하였다.

○ 丁卯 領中樞府事宋時烈上箚曰 <중략> 臣又竊念 小民竭力以供升細尺長之布 而及至京裏 皆爲吏胥所換納 故公用皆

是龘短　眞所謂下得其利而上得其怨　民浚其血而吏皷其腹者也
故文成公李珥嘗誦曺植之言而告於宣廟曰　我國亡於吏胥　乞留
睿念　上答以卿之爲民救弊之言　誠爲得宜　令廟堂商確稟處

≪출전≫ 『肅宗實錄 권11, 숙종 7년(1681, 辛酉) 1월 13일(丁卯)

12. 우리나라는 서리 때문에 망할 것이다.

정언正言 정익조鄭益祚가 상소하기를,

"〈전략〉 또 근래 조정에서는 사송詞訟을 맡은 자가, 외방에서는 고을을 맡은 자가 혹 아침에 제수되었다가 저녁에 옮기기도 하고, 어제 왔다가 오늘 갈리기도 합니다. 법을 맡은 관원이 바야흐로 옥송獄訟을 주관하다가 결정을 내리지 못한 상태에서 다른 자리로 옮겨가면, 후임자는 두서를 모르게 됩니다. 재물을 관장하는 신하가 바야흐로 경비를 주관하다가 조처를 하지 못한 상태에서 다른 관직으로 전출되면, 후임으로 오는 자는 그 일을 알기가 쉽지 않습니다. 그래서 하리下吏들이 연줄을 대고 농간을 부리니, 고 처사 조식曺植이 이른바 '우리나라는 서리胥吏 때문에 망할 것이다.'라고 한 말은 식견이 있다고 하겠습니다. 신은 업무를 처리하기에 큰 하자가 있는 사람이 아니면 일체 가벼이 자리를 옮기지 말아서, 각자 그 임기를 채우며 성과를 거두도록 책임을 지워야 한다고 생각합니다. 〈하략〉"

○ 正言鄭益祚上疏曰 <중략> 且近來 內而詞訟 外而郡邑 或朝除而暮遷 或昨來而今去 司法之官 方主獄訟 而未及結末 遽移他職 則後來者 不知頭緒 掌財之臣 方主經費 而未及措施 遽遷他官 則繼至者 未易領會 下吏夤緣操弄 故處士曺植所謂我國亡於胥吏者 可謂有見 臣謂除非大不治 切勿徑遷 各準其瓜 俾責成效焉 <하략>

≪출전≫ 『正祖實錄』 권9, 정조 4년(1780, 庚子) 5월 11일(己丑)

13. 조선은 서리의 손에 망할 것이다.

전 참봉 홍인섭洪寅燮이 올린 상소의 대략에,

"〈전략〉 공공의 재물을 도적질해 먹고사는 자를 '포리逋吏'라고 합니다. 그들은 백성들의 고혈을 짜내 착취를 해서 거들먹거리며 사치하기를 서로 자랑하고 있습니다. 그리하여 고 처사 조식曺植이 말하기를, '조선은 서리의 손에 망할 것이다.'라고 하였으니, 어찌 크게 한심한 일이 아니겠습니까?

그리고 환자법還上法이 백성을 돕는 것이라 하지만, 도리어 백성들의 살을 깎아 내는 칼이 되었습니다. 쭉정이를 나누어주고 알곡으로 받아 갑니다. 온 관아의 뜰에서 매질을 하고, 칼을 뒤집어쓴 죄수가 옥에 가득하며, 신음을 하는 소리가 길에서 끊이질 않고 있으니, 어진 사람은 차마 볼 수 없는 지경입니다. 심지어 아내를 남에게 주고 자식을 팔기까지 하니, 그 원한이 하늘에 닿았습니다. 아! 어찌 이와 같은 기상이 있단 말입니까?

라고 하였다.

○ 前參奉洪寅燮疏略 〈전략〉 公貨偸食 謂之逋吏 剝民膏肉 驕奢相高 而故處士曺植有言曰 朝鮮亡於吏胥之手 豈不大加寒心哉 且還上之助民 反爲剝割之挺刃 空殼以分之 精實以捧之 鞭扑滿庭 桁楊盈獄 苦楚之聲 徹於道路 仁人之所不忍見 而甚至於嫁妻鬻子 恨氣干霄 嗟乎 寧有似此氣像乎

《출전》『高宗實錄』권11, 고종 11년(1874, 甲戌) 9월 20일(己未)

3. 조식을 위한 추증追贈 및 사시賜諡 요청

01. 사간원이 조식曺植의 시호를 다시 의논하도록 아뢰니 임금이 따르다.

사간원이 또 아뢰기를,

　"조식의 시호 문정文貞의 '정貞'자는,『의례』의 시법諡法에서는 단지 '청백수절淸白守節' 4자로 해석하였기 때문에 시호를 의논할 때 이로써 써서 아뢰었던 것입니다. 그런데 지금 들으니, '정貞'자에 또 '직도불요直道不撓'의 해석이 있어, 여론이 모두 정貞자는 합당하나 '청백수절'의 해석을 '직도불요'로 고치지 않을 수 없다고 합니다. 청컨대 홍문관으로 하여금 다시 의논하여 정하도록 하소서."

하니, 임금이 그대로 따랐다.

　○ 司諫院又啓曰 曺植諡號文貞之貞字 儀禮諡法 只以淸白守節四字釋之 故議諡之時 以此書啓矣 今聞貞字 又有直道不撓之釋 物議皆以爲貞字則可合 而淸白守節之釋 不可不改以直道不撓 云 請令弘文館更爲議定 從之

　≪출전≫『光海君日記』권84, 광해 6년(1614, 甲寅) 11월 22일(庚午)

02. 이성李惺과 박내장朴來章이 선정신 조식曹植의 시호에 대한 의논의 잘못으로 체차를 청하다.

사간원 대사간 이성과 정언 박내장이 아뢰기를,

"신들이 옥당에 있을 때, 선정신 조식의 시호諡號를 함께 의논하고, 삼가 여론을 채집하여 '문정文貞'을 그 첫 번째에 넣었습니다. 이는 '정貞'자가 '은거한 사람이라야 곧고 길하다.[幽人貞吉]'는 뜻에 부합하기 때문이었습니다. 다만 『의례儀禮』의 시호 해석에 '청백수절淸白守節'의 4자만 있기에 신들이 부득이 이를 써서 아뢰어 낙점을 받았습니다. 그런데 지금 들으니, 선왕조의 신하 가운데 '정貞'자의 시호를 받은 사람 중에는 '도를 곧게 하여 흔들리지 않았다.[直道不撓]'고 풀이한 경우도 있다고 합니다. 여론이 모두 '청백수절'은 조식의 실상에 맞지 않고, '직도불요'가 합당할 수 있다고 하니, 그 해석을 고쳐야 마땅합니다. 신들의 널리 상고하지 못한 잘못이 드러났으니, 신들의 직책을 체차하라 명하소서."

라고 하니, 사직하지 말라고 답하였다.

○ 甲寅十一月二十二日庚午 大司諫李惺 正言朴來章啓曰 臣等曾忝玉堂時 同議先正臣曹植之諡 而謹探物議 以文貞首擬 者 以貞字正與幽人貞吉之義合故也 第儀禮諡釋 但有淸白守節

四字 臣等不得已以此書啓 受點矣 今聞 先朝諸臣以貞字得謚者
亦有直道不撓之釋 物議咸以爲淸白守節 不足以稱曺植之實 而
直道不撓 則可以當之 宜改其釋云 臣等不能博考之失 著矣 請
命遞臣等之職 答曰 勿辭

≪출전≫『光海君日記』권84, 광해 6년(1614, 甲寅) 11월 22일(庚午)

조선왕조실록 등에 보이는 남명南冥 조식曺植 (2)

03. 조식의 시호를 '문정文貞'이라 정하고
제사를 지내다.

  이조가 증 영의정 조식曹植의 시호諡號를 '문정文貞'으로 할 것을 아뢰었다. 도덕을 겸비한 데다 학문을 널리 닦은 것[道德博文]을 '문文'이라 하고, 강직한 도리를 지켜 굽히지 않는 것[直道不撓]을 '정貞'이라 한다.

  조식의 시호를 결정하여 '문정'이라 하고, 관원을 보내 제사를 지내게 하였다. 당초 조식은 징사徵士로 졸하였다. 조정의 의논이 '조식이 일찍 선왕조 때 직언하는 상소를 올렸다.'는 것으로써 대사헌에 추증할 것을 청하였다. 이때에 이르러 정인홍鄭仁弘이 그의 학문 연원을 미루어 영의정에 추증할 것과 아울러 시호를 청하였다.

  ○ 甲寅十二月十五日癸巳 吏曹啓 贈領議政曹植諡號文貞 道德博文曰文 直道不撓曰貞 定曹植諡曰文貞 遣官祭官 初植以 徵士卒 朝議以植曾在先朝有直言疏 請贈大司諫 至是 鄭仁弘推 其所學淵源 請贈領議政及諡

  ≪출전≫ 『光海君日記』 권85, 광해 6년(1614, 甲寅) 12월 15일(癸巳)

04. 정경세와 조식의 집안에 제문을 내리고
제사를 지내게 하다.

문장공文莊公 정경세鄭經世와 문정공文貞公 조식曺植에게 제사를 지내게 하였다. 임금이 전교하기를,

"〈전략〉 인하여 또 생각해 보니, 문정공 조식은 규모와 기상이 나약한 사람으로 하여금 뜻을 세우게 하고, 완악한 사람으로 하여금 청렴하게 할 만하니, 심오한 경지에 나아가고 지킨 바가 탁월하다. 오늘날과 같이 풍속이 시들하고 퇴폐한 시대에 어찌 문정공 같은 사람을 얻어 시대 풍조를 바꿀 수 있는 일을 맡길 수 있을까? 문장공 정경세와 문정공 조식의 집안에, 관리를 보내 써서 내린 제문을 가지고 가서 제사를 지내도록 하라."

라고 하였다.

○ 賜祭于文莊公鄭經世 文貞公曺植 教曰 <중략> 因又思之 文貞公曺植 規模氣象 可使懦夫立 而頑夫廉 克造奧處 所守卓爾 如今委靡頹惰之俗 安得文貞來任砥礪磨礱之功 文莊公鄭經世 文貞公曺植家 以書下之祭文 遣官致祭

≪출전≫『正祖實錄』권45, 정조 20년(1796, 丙辰) 8월 13일(乙酉)

05. 조식 등의 후손을 조사해 아뢰도록 하다.

임금이 전교하기를,

"〈중략〉 영남의 고 유신儒臣 조위曺偉·조식曺植·정구鄭逑·장현광張顯光과 호서의 고 유신 유계兪棨·윤황尹煌·김경여金慶餘·김홍욱金弘郁과 호남의 고 유신 박상朴祥·기대승奇大升 및 고 충신 고경명高敬命·김천일金千鎰의 후손을 각각 그 도의 관원으로 하여금 조사해 아뢰도록 하라. 이들은 문득 생각이 나서 말한 것이다. 오늘 하교에 들어있지 않으나, 고가故家·세족世族의 후예로서 천거할 만한 자가 있으면 일체 천거하라."

라고 하였다.

○ 教曰 <중략> 嶺南故儒臣曺偉曺植鄭逑張顯光 湖西故儒臣兪棨尹惶金慶餘金弘郁 湖南故儒臣朴祥奇大升 故忠臣高敬命金千鎰家子孫 令各該道臣 搜訪以聞 此特意到而提及者 不入於今日之敎 而故家世族之苟有可以擧聞者 一體薦似

《출전》『正祖實錄』권47, 정조 21년(1797, 丁巳) 12월 20일(乙卯)

06. 조식 등의 후예를 찾아 관직에 임명토록 하다.

임금이 일찍이 영남의 도신道臣에게 고가故家의 후예를 찾아서 보고하도록 명했었는데, 이때에 이르러 관찰사 이의강李義綱이 9인을 천거했다. 조문검曹文檢·장시복張時復·정렬鄭烈에게 관직을 제수하여 처음으로 벼슬길에 나오게 하였다.

【유학 정렬은 성주星州에 사는데 고 유신儒臣 정구鄭逑의 7세손이다. 조용완曹龍玩은 진주에 사는데 고 유신 조식曹植의 7세손이다. 조문검은 금산金山에 사는데 고 유신 조위曹偉의 8세손이다. 진사 장시복은 인동仁同에 사는데 고 유신 장현광張顯光의 8세손이다. 유학 김진동金鎭東은 안동에 사는데 부제학 김우굉金宇宏의 7세손이다. 생원 강영강姜泳은 순흥順興에 사는데 응교 강덕서姜德瑞의 6세손이다. 유학 이정모李廷模는 영천永川에 사는데 참의 이형상李衡祥의 현손이다. 유학 박광구朴光久는 대구에 사는데 충정공忠正公 박팽년朴彭年의 12세손이다. 한량閑良 이제년李齊年은 성주에 사는데 효령대군孝寧大君의 12세손이다.】

임금이 전교하기를,

"고 유신 정구·조위·장현광의 후손에 대해서는 이번 정사에서 낙점했다. 그런데 고 유신 조식의 후손 조용완만 들지 못하였다. 처음에는 참하관參下官 자리를 하나 마련하여 벼슬을 준 뒤, 점차 승진시켜 궐원이 생기는 대로 의망擬望해 올리라. 유학

박광구는 고 충신 박팽년의 후손으로 나이가 62세이고, 유학 김
진동은 나이가 72세이니, 관직을 제수해도 출사할 만한 근력이
있을지 모르겠다. 망통望筒에 수위首位로 의망되었지만 낙점을
하지 않았다. 이 두 사람에 대해서는 감역관監役官이나 교관敎官
자리를 더 설치하여 단망單望으로 임명토록 하고, 해당 도에 문
의하여 올라올 수 있다고 하면 역마驛馬를 지급해 올려보내도록
하라. 한량 이제년은 효령대군의 12세손인데 병조로 하여금 우
선 내금위內禁衛에 임명하게 한 뒤, 명을 기다리도록 하라."

라고 하였다.

○ 上 嘗命嶺南道臣 搜訪故家世裔以聞 至是 觀察使李義綱
薦九人 曹文檢張時復鄭烈 除初仕【幼學鄭烈居星州 故儒臣逑
七世孫 曹龍玩居晋州 故儒臣植七世孫 曺文檢居金山 故儒臣偉
八世孫 進士張時復居仁同 故儒臣顯光八世孫 幼學金鎭東居安
東 副提學宇宏七世孫 生員姜泳居順興 應敎德瑞六世孫 幼學李
廷模居永川 參議衡祥玄孫 幼學朴光久居大邱忠正公彭年十二
世孫 閑良李齊年居星州孝寧大君十二世孫】敎曰 故儒臣鄭逑
曹偉張顯光子孫 今政雖點下 而故儒臣曹植後孫曹龍玩 獨未與
焉 首仕參下一窠 陞付作闕擬入 幼學朴光久 以故忠臣彭年之後
孫 年爲六十二 幼學金鎭東 年爲七十二 雖除職 其筋力之能爲
强仕未可知 望筒首擬 姑越點 此二人者 監役敎官加設單付 問
于該道 如可上來 則給舖馬上送 閑良李齊年 孝寧大君十二世孫
令兵曹 先付內禁衛 使之待令

≪출전≫『正祖實錄』권49, 정조 22년(1798, 戊午) 10월 12일(壬寅)

남명 전기 자료

07. 예조에서 고 부사 조계명趙繼明의 증직을 청하다.

　　예조는 각 도의 조사에 따라 삼가三嘉에 사는 고 부사府使 조계명에게 증직贈職할 것을 청하였다. 조계명은 문정공文貞公 조식曹植의 종손從孫으로 왜변 때 의병을 일으켜 공이 있었다. <중략> 임금이 그대로 따랐다.

　　○ 禮曹因道査　請三嘉故府使曺繼明贈職　繼明以文貞公植從孫　倭變時　起義有功也　<중략> 從之

　　≪출전≫ 『純祖實錄』 권10, 순조 7년(1807, 丁卯) 11월 30일(丁卯)

4. 조식을 위한 서원 건립 및 사액 요청

01. 경상감사가 고 처사 조식曹植의 서원을 세우고 사액賜額할 것을 청하다.

경상감사가 고 처사 조식이 평소 은거하며 수양하던 곳에 서원을 세우고, 도산서원陶山書院의 예에 따라 사액하여 줄 것을 청하는 내용의 서장書狀을 올렸다.

○ 壬申 慶尙監司書狀 故處士曹植 平日藏修之地 創立書院 請依陶山例賜額事

≪출전≫ 『宣祖實錄』 권10, 선조 9년(1576, 丙子) 4월 9일(壬申)

02. 전대 충현忠賢의 묘를 가꾸고 초동樵童 · 목부牧夫를 금하다.

임금이 비망기備忘記로 이르기를,

"전대前代 임금의 능묘陵墓에 대해 변란을 겪은 뒤이므로 각 고을 수령으로 하여금 편의에 따라 훼손된 곳을 수리하고 초동樵童 · 목부牧夫를 금해야 할 듯하다. 전대의 충신으로 신라의 김유신金庾信 · 김양金陽, 백제의 성충成忠 · 계백階伯, 고려의 강감찬姜邯贊 · 정몽주鄭夢周 등의 묘도 봉분을 수리하고 묘역을 정돈하여 초동 · 목부들의 출입을 금해야 할 듯하다. 한둘만 들어서 말하고, 나머지는 다 거론하지 않는다."

라고 하였는데, 정원이 아뢰기를,

"삼가 전교하신 것을 보니, 전왕조의 능묘도 가리지 말고 추숭하여 묘역을 수리하라고 하신 뜻이 지극하십니다. 예조로 하여금 널리 살펴보고 여론을 듣게 하여 전대 임금의 능묘와 충현忠賢으로서 널리 알려진 사람들의 묘는 전교에 따라 편의한 대로 시행하게 하는 것이 마땅하겠습니다."

라고 하였다. 이 일이 예조에 내려지자, 예조가 아뢰기를,

"보고 들은 것이 넓지 못하고, 전적에도 의거할 기록이 없기

때문에 쉽사리 거행하기가 어려운 형세입니다. 각 고을 수령들로 하여금 전에 봉분을 수리하고 묘역을 정돈한 전대 임금들 및 충현으로서 널리 알려져 사람들의 이목耳目에 잊혀지지 않은 사람들을 낱낱이 탐문하여 전하께 아뢴 뒤 조처해야 할 것입니다. 우선 이런 일로 팔도의 감사 및 개성부 유수에게 공문을 보내는 것이 어떻겠습니까?"

하니, 상이 그대로 따랐다. 예조가 또 아뢰기를,

　　"지금 각 고을 수령이 보고한 것을 보니, 널리 알려진 인물인지 아닌지를 가리지 않고, 단지 고을 안에 있는 이름 난 사람의 묘를 범범하게 써 보낸 것도 있습니다. 국가에서 봉분을 수리하고 묘역을 단장하는 성대한 은전恩典을 혼잡하게 시행할 수 없습니다. 분부하신 대로 널리 알려진 사람과 전대 임금의 능묘를 각 도에서 올린 계본啓本에 따라 뒤에 나열해 적어 놓았습니다. 각 도로 하여금 먼저 봉분을 수리하고 묘역을 단장하게 하고 초동·목부를 금하게 하소서.
　　전대의 임금과 충현들의 묘가 여기에 기록될 것 뿐만은 아닐 것입니다. 비망기에서 언급하신 성충·계백·강감찬 등은 각 도에서 적어 올리지 않았습니다. 이는 반드시 연대가 오래되어 알 수 없어서 그런 것일 것입니다. 각 도의 감사에게 다시 공문을 보내 상세히 탐문하여 치계馳啓하라고 하는 것이 어떻겠습니까?"

라고 하니, 아뢴 대로 하라고 하였다. 이 당시 예조에서 적어 올린 능묘는 다음과 같다.

　　강원도 영월寧越에 있는 노산군魯山君의 묘.

남명 전기 자료

개성부에 있는 고려 시조 현릉顯陵의 경내에 있는 소목릉昭穆陵 열 곳.

경상도 김해金海에 있는 가락국 시조 수로왕首露王의 능.

경주慶州에 있는 신라 시조 혁거세赫居世의 능, 김춘추金春秋의 능, 김양金陽의 묘, 미추왕味鄒王의 능, 효소왕孝昭王의 능, 선덕왕善德王의 능, 대각간大角干 김유신金庾信의 묘.

진주晉州에 있는 증 대사간贈大司諫 조식曺植의 묘.

예안禮安에 있는 상락공上洛公 김방경金方慶의 묘, 증 영의정贈領議政 이황李滉의 묘.

인동仁同에 있는 고려의 충신 주서注書 길재吉再의 묘.

청도淸道에 있는 김일손金馹孫의 묘.

밀양密陽에 있는 문간공文簡公 김종직金宗直의 묘.

흥해興海에 있는 증 영의정 이언적李彦迪의 묘.

함양咸陽에 있는 증 우의정贈右議政 문헌공文獻公 정여창鄭汝昌의 묘.

현풍玄風에 있는 증 영의정 문경공文敬公 김굉필金宏弼의 묘.

경기 장단長湍에 있는 문성공文成公 안유安裕의 묘, 문경공文敬公 김안국金安國의 묘, 증 우의정 서경덕徐敬德의 묘, 주계군朱溪君의 묘.

고양高陽에 있는 고려 공양왕恭讓王 양위兩位의 묘.

용인龍仁에 있는 문충공文忠公 정몽주鄭夢周의 묘, 문정공文正公 조광조趙光祖의 묘.

황해도 해주海州에 있는 문헌공文憲公 최충崔沖의 묘.

평안도 평양平壤에 있는 기자箕子의 묘.

중화中和에 있는 동명왕東明王의 묘.

○ 壬戌 備忘記曰 前代諸王陵墓 經變之後 似當令各其本官 隨便修治破毀 禁其樵牧 前代忠臣如新羅之金庾信金陽 百濟之 成忠階伯 高麗之姜邯贊鄭夢周之墓 亦似當封植 禁其樵牧 只擧

조선왕조실록 등에 보이는 남명南冥 **조식**曺植 **(2)**

一二而言 餘不能悉 政院啓曰 伏覩聖教 其無間異代 追崇封植
之意 至矣 令禮曹 廣加聞見 前代諸王陵墓及忠賢之表表著稱者
依上敎 從便施行宜當事 啓下禮曹 禮曹啓曰 聞見未博 典籍無
憑 勢難容易擧行 令各官 在前所封植修治前代諸王及忠賢表表
著稱 在人耳目 不至湮沒者 一一訪問 啓聞後處置次 八道監司
及開城府留守處 竝爲行移何如 上從之 禮曹又啓曰 今見各官所
報 或有不辨表表與否 只將境內有名墳墓 泛然書送之處 國家封
植之盛典 不可混施 依啓下表表著稱人及前代諸王陵墓 各以啓
本內所載 開錄于左 令各道 先爲封植 禁其樵牧 前代諸王及忠
賢 必不止此 如備忘記所及成忠階伯姜邯賛 各道不爲開報 是必
年代久遠 未能聞知而然 各道監司處 更爲移文 詳細訪問馳啓事
行移何如 啓依允

　　江原道寧越魯山君墓　　開城府高麗始祖顯陵境內昭穆陵十處
慶尙道金海駕洛國始祖首露王陵　慶州新羅始祖赫居世墓　金春
秋陵　金陽墓　味鄒王陵　孝昭王陵　善德王陵　大角干金庾信墓　晋
州贈大司諫曹植墓　禮安上洛公金方慶墓　贈領議政李滉墓　仁同
高麗忠臣注書吉再墓　清道金馹孫墓　密陽文簡公金宗直墓　興海
贈領議政李彦迪墓　咸陽贈右議政文獻公鄭汝昌墓　玄風贈領議
政文敬公金宏弼墓　京畿長湍文成公安裕墓　文敬公金安國墓　贈
右議政徐敬德墓　朱溪君墓　高陽高麗恭讓王兩位墓　龍仁文忠公
鄭夢周墓　文正公趙光祖墓　黃海道海州文憲公崔冲墓　平安道平
壤箕子墓　中和東明王墓

≪출전≫『宣祖實錄』 권166, 선조 36년(1603, 癸卯) 9월 9일(壬戌)

03. 경상감사 유영순柳永詢이 조식曺植을 향사享祀 하는 서원에 사액賜額할 것을 청하다.

경상감사 유영순柳永詢이 치계馳啓하기를,

"도내 여러 고을에서 선현을 위해 사우祠宇를 세우고 봄가을로 제사를 올리며, 곁에 강당과 재사齋舍를 지어 선비들이 공부하고 수양하는 장소로 삼은 곳이 한둘이 아닙니다. 성주星州의 천곡서원川谷書院은 그곳에 이천伊川·운곡雲谷이란 지명이 있어서 정자程子·주자朱子의 위판位版을 봉안하였고, 선산善山의 금오서원金烏書院은 야은선생冶隱先生 길재吉再가 살던 곳이고, 현풍玄風의 쌍계서원雙溪書院은 한훤선생寒暄先生 김굉필金宏弼이 살던 곳이고, 함양咸陽의 남계서원藍溪書院은 일두선생一蠹先生 정여창鄭汝昌이 살던 곳이기 때문에 평상시 온 도내의 선비들이 힘을 합해 서원을 세우고 조정에 아뢰자, 특별히 편액扁額을 하사했었습니다. 그런데 불행히도 병화에 모두 잿더미가 되었습니다.

요즘 선비들이 각자 재물을 내고 지방 관아에서도 힘을 합해 도와줌으로써 옛날 모습대로 중건하여 신주를 모실 곳이 있게 되었으니, 매우 가상한 일입니다. 그런데 전날 하사된 편액이 남아 있는 곳이 없어 중건하고서도 서원만 있고 편액이 없어, 국가에서 표장表章해 밝게 드러내려는 뜻을 보여줄 수 방법이 없습니다. 조정에서 특별히 다시 편액을 하사해 사문斯文을 빛나게 해 주시면 더 없는 다행이겠습니다.

그 중에 남명선생南溟先生 조식曺植은 학행과 도덕이 전현前賢의 아름다움에 손색이 없으므로 선비들의 흠모도 전현들에 못지 않습니다. 본래 진주晉州 덕산德山 예전에 살던 곳 근처에 서원을 세웠었는데, 역시 병화로 소실되었습니다. 지금 새롭게 중건하였으니, 다른 서원의 예에 따라 아울러 사액賜額하여 조정에서 문헌을 숭상하고 도덕을 중히 여기는 뜻을 보이소서."

라고 하였는데, 임금이 예조에 계하啓下하였다. 예조에서 올린 계목啓目에,

"계하하신 것에 덧붙여 아룁니다. 천곡川谷·금오金烏·쌍계雙溪·남계藍溪 네 서원은 평소 특별히 편액을 하사했었으니, 편액의 이름은 그대로 쓰되 본도로 하여금 고증해 계문啓聞하게 한 뒤 특별히 다시 하사하는 것이 마땅할 것입니다. 조식의 학행은 전현들과 같이 아름답습니다. 지금 서원이 창설되었으니, 다른 서원의 예대로 아울러 사액하도록 명하는 것이 문헌을 숭상하고 도덕을 중히 여기는 뜻에 참으로 합당합니다. 그러나 이는 은명恩命에 관계된 일이니, 전하께서 재단하여 시행하는 것이 어떻겠습니까?"

라고 하니, 임금이 전교하기를,

"아뢴 대로 윤허한다. 이미 사액된 곳은 그대로 사액하고, 새로 세운 곳은 천천히 사액하도록 하라."

라고 하였다.

○ 慶尙監司柳永詢馳啓曰 道內列邑 爲先賢立祠宇 春秋香火 傍建講堂齋舍 以爲士子藏修之所者 非止一二 如星州之川谷

남명 전기 자료

書院 因其地有伊川雲谷之名 奉安程朱子位版 善山之金烏書院
因冶隱先生吉再所居之鄕 玄風之雙溪書院 因寒暄先生金宏弼
所居之鄕 咸陽之藍溪書院 因一蠹先生鄭汝昌所居之鄕 在平時
一道士子 同力建設 聞于朝廷 特賜扁額 而不幸兵火竝被灰燼
今者 士子等各出財力 地方之官竝力扶助 依舊重建 妥靈有所
極可嘉尙 前日賜額 無有存者 逮玆重建 有院無額 無以示國家
表章昭揭之義 殊爲欠闕 朝廷特令申賜 以光斯文 不勝幸甚 其
中南溟先生曺植 學行道德 竝美於前賢 士子之欽慕 亦不減於前
賢 平時營建書院於晉州之德山舊居之傍 而亦爲兵火所及 今方
重建 依他書院例 竝命賜額 以示朝廷右文重道之意 詮次善啓
啓下禮曹 禮曹啓目 粘連啓下 川谷金烏雙溪藍溪四書院 平時特
賜 扁額額名以此書之 令本道相考啓聞後 特令申賜爲當 曺植學
行 竝美於前賢 今於書院之創設 依他書院 竝命賜額 允合於右
文重道之意 係是恩命 上裁施行何如 啓依允 曾已賜額處則賜額
新建處則賜額安徐

≪출전≫ 『宣祖實錄』 권206, 선조 39년(1606, 丙午) 12월 26일(庚申)

조선왕조실록 등에 보이는 남명南冥 **조식**曹植 **(2)**

04. 지성균관사 이이첨李爾瞻이 무계서원武溪書院 건립비용을 부조하는 회문回文에 대한 하교에 대해 아뢰다.

을묘년(1615) 2월 25일(임인) 지성균관사知成均館事 이이첨이 아뢰기를,

"서원의 일을 대신들에게 의논하니, 영의정 기자헌奇自獻은 말하기를 '신이 앞서 무계서원武溪書院 건립비용 부조회문扶助回文을 보고, 스승을 존모하는 여러 선비들의 아름다운 뜻을 가상히 여겨 다시 달리 생각한 것이 없었습니다. 삼가 성상의 하교를 보고서 비로소 과연 그러함을 깨달았습니다. 그러나 어떻게 하면 좋을지 모르겠습니다. 혹자는 「도성 근처에 승려들의 암자와 같은 곳이 혹 있을 것이니, 이 또한 무슨 해가 되겠는가.」라고 말을 합니다. 그러나 이 역시 어떻게 하는 것이 좋을지 모르겠습니다.'라고 하였으며, 판부사 심희수沈喜壽와 우의정 정창연鄭昌衍은 말하기를 '신이 앞서 대부들 사이에서 나온 회문回文을 보니, 곧 무계서원 건립비용의 부조를 내는 일이었습니다. 이 일은 선비들이 스승을 존모하는 일에 관계되고, 또 그 뜻을 가상히 여겼기 때문에 미처 달리 생각해 보질 않았습니다. 그러다 성상의 하교를 보고서야 비로소 과연 그러함을 깨달았습니다. 그러나 신들은 어떻게 하는 것이 좋을지 모르겠습니다. 오직 성상의 재량에 달려있을 뿐입니다.'라고 하였습니다. 대신의 뜻은 이와 같은데 일정한 말이 전혀 없습니다. 어진 이를 높이고 도를 지키려는 선

비들의 정성이 이로 인해 중도에 폐지될 것입니다.

선정신 조식曹植의 도덕에 대해서는 그 가볍고 무거움과 얕고 깊음을 후학들이 헤아릴 바가 아닙니다. 그러나 강상綱常을 부지하고 의리義理를 천명하여 오늘날에 이르러서도 한 줄기의 정기正氣가 오히려 없어지지 않은 것은 모두 이 분의 힘입니다. 선비들이 이 분이 남긴 자취를 추앙해서 사우祠宇를 건립하여 조용히 수양하며 귀의할 곳을 삼고자 하는 것은, 대개 이러한 이유 때문입니다. 도성 근처에 서원을 건립하는 것은 전례가 없는 일이라고 한다면, 이는 매우 그렇지 않은 점이 있습니다.

우리나라 사람이 유선儒先을 숭배하는 것은 도리어 승려나 잡된 무리들이 그들의 술업을 숭상하고 믿는 것만도 못합니다. 정토사淨土寺・향림사香林寺・승가사僧伽寺・도성암道成菴 등 사찰은 도성 밖 10리 안에 연접해 있습니다. 그런데도 일찍이 한 사람도 이에 대해 항의하는 상소를 올려 그 절을 헐거나 부처를 불사르자고 한 일이 없습니다. 그런데 유독 유현儒賢을 모시는 서원에 대해서만 도성과의 거리를 따져 저지하려 한단 말입니까?

이뿐만이 아닙니다. 두 관왕묘關王廟는 도성 밑 동쪽・남쪽에 인접해 있고, 안일사安逸寺・자수사慈壽寺・인수사仁壽寺도 모두 부처를 받드는 사찰인데 도성 내외에 벌여 있습니다. 그러니 어찌 거리의 원근으로 사문斯文의 성대한 거사를 멈출 수 있겠습니까? 이른바 무계武溪는 북쪽 성곽 밖 조지서造紙署 위에 있으며, 무계서원 터로 정한 곳은 승가사僧伽寺 근처로 도성과의 거리가 7~8리가 넘습니다. 그러나 혹 가까운 거리라고 말할까 염려되어 지금 10리 밖으로 바꾸어 정하려 합니다.

물력物力에 대해서는, 도봉서원道峯書院의 전례에 의해 서울과 지방에 회문回文을 보내 대부와 선비들이 각자 능력에 따라 비용을 돕게 하려 합니다. 그러면 어찌 국가에 폐를 끼치는 일이 있겠으며, 어려운 시기에 피해를 줄 일이 있겠습니까? 국가의 저축에 여유가 있다면, 이런 서원의 건립에 도움을 줄 수 있을 듯합니다. 그런데 선비들이 스스로 비용을 내어 하는 일에 대해 못하도록 한단 말입니까? 더구나 성상께서 하문하신 것은 참으로 전례를 경계하고 재력을 염려하는 성대한 뜻에서 나온 것이니, 답하신 말씀이 하문하신 것과 달라 선비들의 큰 기대를 저버리고 유교를 숭상하는 성상의 정치에 누를 끼쳐서는 마땅치 않습니다. 신들의 구구한 소견을 아뢰지 않을 수 없으니, 속히 너그러운 허락을 내려 여러 사람들의 마음을 위로하시는 것이 어떻겠습니까?"

라고 하니, 임금이 답하기를,

"건립할 곳을 다시 정하도록 하고, 뒤에는 준례로 삼지 말게 하라."

라고 하였다.

【남명 조식이 정인홍을 제자로 삼았기 때문에 스승이 흉도들에게 추존하는 바가 되어 서원을 건립하기에 이르렀다. 죽은 자가 지각이 있다면, 그 혼백 또한 수치스럽고 분개하여 달아날 것이다. 기자헌의 의논에 "도성과 매우 가까운 곳에 승려들의 암자 같은 것도 혹 있다."고 한 말은 몹시 모욕하는 말이다. 그런데도 이이첨은 이를 깨닫지 못하고 도리어 정토사·승가사·안일사·자수사 등의 사찰을 들어 증거로 삼았으니, 약간 영리하지만 크게 어두운 측면을 볼 수 있겠다. 도성과 매우 가까운 곳에 무리를 널리 모으는 장소를 만들려 하자, 왕이 폐단이 있을까 염려하여 대신에게 의논해 처리하라고 명하였다. 이 때문에 이 계

사가 있었던 것이다.】

○ 乙卯二月二十五日壬寅 知成均館事 李爾瞻啓曰 書院事
議于大臣 則領議政 奇自獻以爲 臣頃見武溪書院役需(出)扶助
回文 且嘉多士尊師之美意 不復致念於他 伏覩聖敎 始覺其果然
而亦不敢知其何如也 或以爲都城至近地 如僧人菴子 亦或有之
此亦何妨云云 亦不敢知其何如也 判府事沈喜壽 右議政鄭昌衍
以爲 臣頃見搢紳間所出回文 乃武溪書院役需(出)扶助事也 事
係多士尊師之擧 且嘉其意 未及(思)他念 伏覩聖敎 始覺其果然
而臣等亦不敢知其何如也 伏惟上裁 大臣之意如此 而殊無一定
之言 多士尊賢衛道之誠 將因此而中廢耶

先正臣曺植道德 輕重淺深 非後學所可窺測 而扶綱常闡義理
雖至于今日 而一脈正氣 尙不泯滅者 皆此人之力也 其爲士子者
景仰遺縱蹤 營建祠宇 欲爲藏修依歸之地者 蓋出於此也 若以都
城近地 建立書院 謂無前例云 則其甚不然 我國之人尊尙儒先
反不如緇徒雜類 崇信其業 淨土香林僧伽道成菴等刹 連甍接迤
於城外十里之內 曾無一人封章抗疏 毀寺焚佛 而獨於儒賢俎豆
香火之所 量其地步遠近 而防塞之耶 非但此也 關王兩廟 逼在
城底東南 安逸慈壽仁壽 亦皆奉佛之宇而布列都城內外 豈可以
地之遠近 停此斯文之盛擧也 所謂武溪 在北城外造紙署上 而所
卜之地 則乃僧伽寺近處 去京城 殆過七八里 而恐或猶以地近爲
言 今將改卜於十里之外矣 物力 則依道峯書院舊例 通京外出回
文 搢紳韋布各隨其力 以助工需 又豈有貽弊於公家 有害於時屈

乎 設令國儲有裕 則如此營建 似可勸助 而多士自辦所爲 又從
而止之耶 況自上垂問 固出於懲懲前例 慮財力之盛意 則不宜所
答失其所問 以孤多士之顒望 而疵尙儒之聖治也 臣等區區所見
不得不啓 亟下聖兪 以慰群情何如 答曰 建立處所 更爲定奪 後
勿爲例【曹南冥植以(鄭)仁弘爲弟子之故師　爲兇徒所宗尊　至
(於)建(立)書院 死者有知 則魂亦慙慣而走矣 自獻之議以爲 都城
至近地　如僧人菴子　亦或有之云者　此甚辱之之言 而爾瞻不覺
反擧淨土僧伽安逸慈壽等處以實之　亦見其小狡而大暗也　於京
城至近之地 以爲廣聚徒黨之地 王疑其有弊端 命議大臣處之 故
有此啓】

≪출전≫『光海君日記』 권87, 광해 7년(1615, 乙卯) 2월 25일(壬寅)

05. 나주의 김우성金佑成이 상소하여 조식을 오현서원五賢書院에 배향하기를 청하다.

나주羅州에 사는 전 판관 김우성金佑成이 상소하여, 조식曹植을 오현 서원에 함께 배향하기를 청하였다.

○ 乙卯 九月二十二日乙未 羅州居前判官金佑成上疏 請以曹植同祀五賢書院

≪출전≫『光海君日記』권95, 광해 7년(1615, 乙卯) 9월 22일(乙未)

06. 지성균관사 이이첨이 조식의 서원 건립
   기공일을 아뢰다.

지성균관사知成均館事 이이첨李爾瞻이 아뢰기를,

   "조식曺植의 서원을 건립할 터를 이제 양주楊州 서면西面에
정하였습니다. 도성과의 거리는 30리이고, 사면의 안에 사찰寺
刹·분묘墳墓·촌가村家 등이 없습니다. 그 형세를 그림으로 그
려 들입니다. 이 달 그믐날 터를 다듬고 표주標柱를 세우고자 하
여 감히 아룁니다."

라고 하니, 알았다고 답하였다.
   【예로부터 서원을 세운 것이 매우 많았지만, 이처럼 번거롭
게 아뢴 경우는 없었다. 형세를 그림으로 그리고 터를 다듬고 표
주를 세운 날에 또 번거롭게 아뢰었다. 죽어서도 지각이 있다면
조식은 반드시 부끄럽게 여겼을 것이다. 정인홍의 스승 노릇하
기나 이이첨의 임금 노릇하기가 매우 괴로운 일이다.】

   ○ 知館事李爾瞻啓曰 曺植書院基址 今卜於楊州西面 距京
城三十里 四面之內 無寺刹墳墓村家 其形止圖畫以入 欲於今月
晦日 開基豎柱 敢啓 答曰 知道【自古建書院者甚多 而未聞若
是之煩複啓達者也 至於圖畫形止 開基豎柱之日 亦爲煩啓 死而

有知 曹植亦必羞之矣 爲仁弘之師 爲爾瞻之君 亦甚苦矣】

≪출전≫『光海君日記』권95, 광해 7년(1615, 乙卯) 9월 27일(庚子)

조선왕조실록 등에 보이는 남명南冥 조식曹植 (2)

07. 승문원 박사 임숙영任叔英을 파직하다.

임금이 사헌부에 답하기를,

"윤간尹侃과 윤시준尹時俊 등의 일에 대해서는 논한 바가 너무 심하므로 윤허하지 않는다. 임숙영의 일은 아뢴 대로 하라."

라고 하였다.

【임숙영은 널리 배우고 문장에 능하여 세상 사람들의 추앙을 받았다. 악을 미워함이 너무 심하고, 세상사에 강개한 마음을 품고 상심하였다. 항상 다리의 병을 핑계로 전후 조정의 논의에 모두 참여하지 않았다. 또 학도들을 많이 모아 놓고 담론하는 데에 거리낌이 없어, 당시 권력자들에게 원수처럼 여겨졌다. 이때 이이첨 등이 조계曹溪에 조식曺植의 서원을 세우고자 하였는데, 임숙영이 그 소식을 듣고 웃으며 말하기를 "조계에 조식의 서원을 세우면, 공덕리孔德里에는 공자孔子의 서원을 세울 것인가?"라고 하였다. <중략>

임숙영이 쫓겨난 뒤 광주廣州 강가에 살았다. 그 명성이 매우 자자하였으므로, 이이첨 등이 항상 반역을 꾀한다는 명목으로 모함하려 했다. 그러나 임숙영은 두려워하지 않았다. 조계에 조식의 서원을 세운 것은, 아마도 성자姓字와 우연히 같은 것을 취한 듯하다. 공덕리는 서울 서쪽에 있는 마을로, 조계와 비슷한

상황이기 때문에 그렇게 말한 것이다.】

○ 答府曰 尹侃尹時俊等事 所論太密 不允 任叔英事 依啓 【叔英 博學工文 爲世所推 嫉惡太甚 慷慨傷世事 常稱脚病 前後庭論 皆不參 且多聚學徒 談論無所忌 爲時輩所仇 時爾瞻等 將建曺植書院於曺溪 叔英聞而笑之曰 曺溪立曺植書院 則孔德 里將建孔子書院乎 <중략> 叔英黜居 廣州江上 聲名甚藉 爾瞻 等常欲以逆名陷之 叔英不爲懼 曺溪建曺植書院 蓋取姓字偶同 孔德里在京城西 與曺溪相似故云】

≪출전≫ 『光海君日記』 권100, 광해 8년(1616, 丙辰) 2월 29일(庚午)

08. 조식의 서원에 '백운白雲'이라고 사액하다.

조식曺植의 서원에 '백운白雲'이라고 사액賜額하였다. 서원이 삼각산三角山 백운봉白雲峰 아래에 있기 때문이었다.

○ 賜曺植書院額曰 白雲 以院在三角山白雲峯下故也

≪출전≫『光海君日記』권109, 광해 8년(1616, 丙辰) 11월 10일(丁丑)

09. 예조 판서 이이첨이 조식의 서원에 예관禮官을 보내 제사를 지낼 것을 청하다.

예조 판서 이이첨李爾瞻이 아뢰기를,

"조식曹植의 서원을 짓고 서원의 이름을 정하는 데에 모두 은명恩命이 있었으니, 위판位板을 봉안한 뒤에 예관을 보내 제사를 지내게 하는 것이 도를 높이고 덕을 숭상하는 법전에 합당합니다. 날짜를 정하여 예관을 보내 제사를 지내도록 하는 것이 마땅하겠습니다. 그리고 봄과 가을 두 차례의 정일丁日에 지내는 제사의 제수祭需는, 다른 서원의 예에 의거해 근처에 있는 양주楊州·파주坡州·고양高陽 등의 고을에 배정하여 돌아가며 준비해 보낼 일로 경기감사에게 하유하는 것이 어떻겠습니까?"

라고 하니, 윤허한다고 전교하였다.

○ 禮曹判書李爾瞻啓曰 曹植書院營建定額 皆有恩命 則位版旣安之後 遣禮官賜祭 允合尊道崇德之典 擇日遣禮官致祭宜當 春秋兩丁祭需 依他書院例 附近楊州坡州高陽等官輪回備送事 京畿監司處下諭何如 傳曰 允

≪출전≫『光海君日記』권109, 광해 8년(1616, 丙辰) 11월 13일(庚辰)

10. 사헌부가 윤취지尹就之·신희손辛喜孫의 체차를 연이어 아뢰고, 새로 조응휴曺應休의 파직을 청하다.

사헌부가 윤취지·신희손 등의 일을 연이어 아뢰고, 새로 아뢰기를,

"강진현감康津縣監 조응휴曺應休는 부임한 뒤로 처사가 청렴치 못합니다. 그의 집이 가까운 곳에 있는데 관아의 물품을 공공연히 실어가며, 갖가지로 폐단을 끼치고 있어서 온 경내가 원망하고 있습니다. 게다가 서원을 지을 때에 현인을 높이는 일은 생각하지 않고 선비들을 저지하고 억제하였습니다. 그는 유림에 죄를 얻은 것이 지극하니, 청컨대 파직을 명하소서."

라고 하니, 답하기를,

"윤취지·신희손은 이미 체차하였으니, 윤허하지 않는다. 조응휴에 대해서는 천천히 결정하겠다."

라고 하였다.

【당시 정인홍의 무리로 호남에 있는 자들이 조식曺植의 서원을 강진康津에 세워 흉도兇徒들을 모으는 장소로 삼고자 하였

다. 그들이 한창 기세를 부리며 수령을 능멸하였다. 이에 조응휴가 그들의 핍박을 견디지 못하여, 앞장서서 그 일을 주도하던 윤유겸尹惟謙에게 곤장을 쳤다. 이로 말미암아 그가 탄핵을 당한 것이다. 윤유겸은 인조반정 초 흉소兇疏에 참여했다는 이유로 복주伏誅되었다.】

○ 司憲府連啓尹就之辛喜孫事 新啓 康津縣監 曹應休到任之後 處事不廉 家在隣近之地 官庫之物 公然馱輸 貽弊多端 闔境怨咨 加以書院營建之時 罔念尊賢 沮抑多士 其得罪儒林極矣 請命罷職 答曰 尹就之辛喜孫已爲遞差 不允 曹應休徐當發落 【時 仁弘之黨在湖南者 將爲曺植立書院於康津 以爲聚會凶徒之所 熾張勢焰 凌侮守令 曹應休不堪其窘辱 杖其首唱尹惟謙 由是被劾 惟謙反正初 以凶疏伏誅】

≪출전≫『光海君日記』권117, 광해 9년(1617, 丁巳) 7월 12일(甲戌)

11. 조식의 서원 건립에 관한 이이첨의 서찰.

　　적신賊臣 이이첨李爾瞻은 항상 광해군과 사적으로 서찰을 왕래했다. 그 초본을 남겨 두었다가 밀실의 벽 사이에 감추어 놓고, 밖에서 종이로 발라 벽처럼 위장해 놓았다. 그가 패망한 뒤 주민들이 그의 집을 헐어내다 그 초본을 발견했다. 그러므로 사관 임숙영任叔英이 그것을 수집했으나 미처 기록하지 못하고 마침 다른 자리로 옮겨가게 되었다. 그래서 검열 나만갑羅萬甲에게 부탁하였다. 이때에 이르러 그 편지를 실록찬수청에 전송했는데, 그 내용은 다음과 같다.

　　"〈전략〉 조식曺植의 서원에 관한 일은 성균관 유생들도 비답이 속히 내리기를 몹시 바라고 있습니다. 〈하략〉"

라고 하였다.

　　○ 賊臣李爾瞻 常與光海 私相通書 留其手草 藏于密室壁間外塗以紙 若完壁焉 及家敗 都民毁其家 其書乃出 故史官任叔英得之 未及錄 適遷官 屬檢閱羅萬甲 至是 轉送于纂修廳 其書曰 <중략> 曺植書院 館學儒生 亦顋望批答之速下矣 <하략>

　　≪출전≫ 『仁祖實錄』 권28, 인조 11년(1633, 癸酉) 8월 10일(己巳)

5. 조식을 문묘文廟에 배향하자는 의논

01. 경상도 생원 하인상河仁尙 등이 상소하여 문정공 조식을 문묘에 배향하자고 청하다.

경상도 생원 하인상河仁尙 등이 상소하여 문정공文貞公 조식曺植을 문묘文廟에 배향하자고 청하니, 임금이 답하기를,

"상소를 보고 너희들의 성의를 잘 알았다. 그러나 문묘에 배향하는 것은 중대한 법전이므로 가벼이 의논할 수 없다. 우선 훗날을 기다리라."

라고 하였다.

○ 慶尙道生員河仁尙等上疏 請以文貞公曺植從祀文廟 答曰 省疏 具悉爾等之誠 但從祀重典 不可輕議 姑待後日

≪출전≫『光海君日記』권88, 광해 7년(1615, 乙卯) 3월 23일(己巳)

02. 성균관 유생 민결閔潔 등이 상소하여 조식을 문묘에 종사從祀할 것을 청하다.

성균관 유생 민결 등이 상소하여 조식曹植을 문묘에 종사하기를 청하니, 임금이 답하기를,

"상소를 보고 어진 이를 받드는 정성을 알았으니, 참으로 가상하다. 다만 문묘에 종사하는 것은 중대한 법전이기 때문에 가벼이 거행하기가 어렵다."

라고 하였다.

○ 館學儒生閔潔等上疏 請以曹植從祀文廟 答曰 省疏 具見尊賢之誠 良用嘉焉 但從祀重禮 難以輕擧

≪출전≫『光海君日記』권91, 광해 7년(1615, 乙卯) 6월 23일(戊戌)

03. 공홍도公洪道 생원 이간李衎이 상소하여 조식을 문묘에 종사하기를 청하다.

공홍도公洪道[12] 생원 이간李衎이 상소하여 조식曹植을 문묘文廟에 종사할 것을 청하니, 임금이 답하기를,

"문묘에 종사하는 것은 중대한 법전이므로 가벼이 의논할 수 없다. 후일을 기다리라."

라고 하였다.

○ 公洪道生員李衎上疏 請曹植從祀文廟 答曰 從祀重典 不可輕議 以待後日

≪출전≫ 『光海君日記』 권94, 광해 7년(1615, 乙卯) 윤8월 22일(丙寅)

조선왕조실록 등에 보이는 남명南冥 조식曹植 (2)

04. 남평南平 생원 나원길羅元吉 등이 상소하여 조식을 문묘에 배향할 것을 청하다.

남평에 사는 생원 나원길 등이 상소하여 조식曺植을 문묘文廟에 배향할 것을 청하니, 임금이 답하기를,

"문묘에 배향하는 것은 중대한 일이므로 가벼이 의논할 수 없다. 잠시 후일을 기다리라."

라고 하였다.

○ 南平居生員羅元吉等上疏 請從祀曺植于文廟 答曰 從祀重事 不可輕議 姑待後日

≪출전≫ 『光海君日記』 권95, 광해 7년(1615, 乙卯) 9월 9일(壬午)

05. 성균관 유생 심지청沈之淸 등이 조식을 문묘에 종사할 것을 청하다.

성균관 유생 심지청 등이 상소하여 조식曺植을 문묘에 종사할 것을 청하였는데, 임금이 답하기를,

　"상소를 보고 그대들의 뜻을 잘 알았다. 다만 문묘에 종사하는 일은 매우 중대한 법전이니 가벼이 거행하기가 어렵다."

라고 하였다.

○ 答館學儒生沈之淸等上疏 請曺植從祀文廟 答曰 省疏 具悉 但從祀重典 難以輕擧

≪출전≫ 『光海君日記』 권106, 광해 8년(1616, 丙辰) 8월 26일(甲子)

06. 승정원이 오정남吳挺男·나의소羅宜素 등을 탄핵하다.

승정원이 아뢰기를,

"국가가 유지될 수 있는 길은 도를 높이고 어진 이를 숭상하는 것뿐입니다. 선정신先正臣 조식曺植은 문장과 도덕이 실로 백세의 사표師表입니다. 그러니 오현五賢13)과 더불어 문묘文廟에 종사從祀하는 것이 마땅합니다. 그런데 아직까지 거행하지 않고 있으니, 어찌 성스러운 세상의 흠이 되는 일이 아니겠습니까?

유생 박문환朴文煥 등이 스승을 존중하는 의리를 분발해 먼 길을 달려와 상소를 하여 경현서원景賢書院에 배향해 본보기가 되는 곳으로 삼기를 청하였습니다. 이에 전하께서 그들의 성의를 가상히 여겨 의논해 아뢰게 하였으니, 이는 실로 사림의 크나큰 다행입니다.

지금 오정남吳挺男·나의소羅宜素 등 무뢰한 자들이 이에 감히 선현을 무고하면서 평생동안 하지도 않은 일을 지어내고 있습니다. 이런 짓을 차마 하는데, 무슨 짓인들 차마 하지 못하겠습니까? 심지어 박문환 등의 유적儒籍을 불태워 성명을 삭제하면서 스승을 존중하는 일을 저지하기까지 하였으니, 어찌 흉악하고도 참혹하지 않겠습니까? 흉도들이 선현을 무고하고 사림을 무함하는 것이 이처럼 극에 이르렀으니, 신들이 가까이서 모시는 직책에 있으면서 감히 입을 다물고 있을 수 없어, 황공하게 감히 아룁니다."

라고 하니, 임금이 답하기를,

"알았다. 이 상소와 계사를 해당 관청에 내려 회계回啓하게 하라."

라고 하였다.

○ 政院啓曰 國家之所以維持者 尊道崇賢而已 先正臣曺植
文章道德 實百世之師表 宜與五賢臣 從享于文廟 而尙未擧行
豈非聖世之欠典乎 儒生朴文煥等 克奮尊師之義 裹足陳疏 請配
享於景賢書院 以爲矜式之地 自上嘉其誠意 使之議啓 此乃士林
之大幸也 今者 吳挺男羅宜素等 以無賴之徒 乃敢誣詆先賢 做
出平生所未有之事 是可忍也 孰不可忍也 至於焚文煥等儒籍 削
去姓名 沮抑尊師之擧 豈非兇且慘乎 兇徒之誣先賢陷士林 至於
此極 臣等職忝近密 不敢含默 惶恐敢啓 答曰 知道 此上疏啓辭
下該曹回啓

≪출전≫ 『光海君日記』 권117, 광해 9년(1617, 丁巳) 7월 13일(乙亥)

07. 홍문관 부제학 이호신李好信 등이 어진 이를 존중하고 덕 있는 이를 숭상할 것을 청하다.

홍문관 행 부제학 이호신李好信, 직제학 박정길朴鼎吉, 전한 정광경鄭廣敬, 부교리 정준鄭遵, 부수찬 한희韓暿·서국정徐國楨, 박사 조유선趙裕善 등이 상차하기를,

"삼가 어진 이를 존중하고 덕 있는 이를 숭상하는 것은 나라를 가진 분의 급선무입니다. 선비들의 추향이 바르게 된 뒤에라야 어진 이를 존중할 수 있고 덕 있는 이를 숭상할 수 있어서 국론이 정해질 수 있습니다.

선정신先正臣 조식曺植은 학문은 위기지학爲己之學을 힘쓰고 도는 성誠과 경敬을 극진히 다해 시골에 물러나 살면서 후학들의 모범이 되었으니, 우리 유학에 공이 있는 것이 매우 큽니다. 우리 성상께서 시호를 내리고 관작을 추증해 어진 이를 존중하는 도를 모두 갖추었습니다. 이에 선비들이 분주히 움직이며 사방에서 여론이 일어 문묘에 종사從祀하자는 청을 원근에서 다같이 올려, 문묘에 배향하라는 명이 곧 내릴 것으로 기대하였습니다.

그런데 어찌 저 귀신 같은 무리들이 서로 사사로이 다투다가 선현에게까지 모욕이 미칠 줄을 생각이나 했겠습니까? 심지어 평생 들어보지도 못한 말을 지어내 함부로 헐뜯고 망령되이 비방하였습니다. 이미 어진 이를 존중하고 숭상하는 상소를 배척하였고, 또 서원 유생들의 유적儒籍을 불태우기까지 하였습니다. 인심이 착하지 못한 것이 한결같이 이런 극한에 이르렀으니, 어찌 한심하지 않겠습니까?

남명 전기 자료

지금도 향리에서 자중하는 선비들에 대해서는, 그들의 행실과 처신을 아무리 미세한 일일지라도 사람들이 모두 알고 있습니다. 그런데 하물며 조식은 일생 동안 도학道學의 정도를 지킨 것이 푸른 하늘의 밝은 태양처럼 분명하여 종들도 그의 청명함을 아는 데 있어서이겠습니까?"

라고 하니, 임금이 답하기를,

"차자를 보고 내용을 모두 알았다. 마땅히 의논하여 처리하겠다."

라고 하였다.

○ 丁巳七月十六日戊寅 弘文館行副提學李好信 直提學朴鼎吉 典翰鄭廣敬 副校理鄭遵 副修撰韓嘻徐國楨 博士趙裕善等 上箚 伏以尊賢尙德 有國之先務 士趣一正 然後賢可尊德可尙 而國論定矣 先正臣曹植學務爲己 道盡誠敬 肥遯丘園 表準後學 其有功斯文甚大 及至我聖上 贈謚隆爵 尊賢備至 多士雷奔 四方風動 從祀之請 遠近同辭 陞配之命 時日可期 豈意怪鬼之輩 敢以自中私鬪 辱及先賢 至於做出平生所未聞之語 橫加構誣 妄肆議詆 旣斥尊尙之疏 又焚院儒之籍 人心之不淑 一至此極 豈不寒心哉 今夫鄕黨自好之士 其行己處身之際 雖至微之事 人無不識 況 植一生道學之正 如靑天白日 奴隸亦知其淸明矣 上答曰 省箚 具悉 當議而處之

≪출전≫『光海君日記』권117, 광해 9년(1617, 丁巳) 7월 16일(戊寅)

08. 사헌부가 조식을 무함한 오정남吳挺男 · 나의소羅宜素에게 죄를 주자고 청하다.

사헌부가 아뢰기를,

"나라를 가진 분의 급선무는 어진 이를 존중하는 것보다 더 먼저 할 일이 없습니다. 나라를 다스리는 도는 실로 사습士習에서 말미암으니, 사습이 바르게 된 뒤에야 나라를 다스리는 도가 융성해집니다. 선정신先正臣 조식曹植은 시골로 물러나 있으면서 도와 덕이 이루어져 한 시대의 종장宗匠이 되었고, 후학의 사표師表가 되었습니다. 이에 성상께서 포상하고 아름답게 여겨 시호를 내리고 관작을 추증했습니다. 그러나 사문斯文이 사방에서 일어나고 많은 선비들이 앞장서서 문묘에 종사從祀하자는 청을 진달하였습니다. 그래서 문묘에 종사하라는 명을 기약할 수 있었습니다.

그런데 지금 괴이한 귀신 같은 무리들이 감히 사사로운 싸움으로 선현에게 욕을 미치게 하며, 거짓을 날조하여 추악하게 비방함이 끝이 없습니다. 이미 유생들의 상소를 배척했고, 또 서원의 유적儒籍을 불태웠으니, 착하지 않은 인심에 대해 통탄을 금할 수 있겠습니까? 이런데도 그들의 죄를 다스리지 않는다면, 사습士習이 바르지 않고 국시國是가 정해지지 않아, 어진 이를 존중하는 실제가 미진하게 되고, 다스리는 도가 어긋나게 될 것입니다. 청컨대 오정남吳挺男 · 나의소羅宜素 등이 선현을 무고한 죄를 속히 바로잡으라고 명하소서."

라고 하니, 상이 천천히 결정하겠다고 답하였다.

○ 丁巳七月十九日辛巳 司憲府啓曰 有國之務 莫先於尊賢
爲治之道 實由於士習 士習正 然後治道隆矣 先正臣曺植肥遯丘
園 道成德立 宗匠一時 表準後學 聖朝褒美 贈諡隆爵 斯文蔚興
多士聳動 從祀之請旣陳 陞配之命有期 而今者怪鬼之輩 敢以私
鬪 辱及先賢 構誣醜詆 靡有紀極 旣斥儒疏 又焚院籍 人心不淑
可勝痛哉 此而不治 則士習不正 國是靡定 而尊賢之實未盡 爲
治之道有虧矣 請命覈正吳挺男羅宜素等誣陷先賢之辜罪 上答
曰 徐當發落

≪출전≫『光海君日記』권117, 광해 9년(1617, 丁巳) 7월 19일(辛巳)

09. 생원 이덕무李德茂가 상소하여 조식의 문묘 종사를 청하다.

생원 이덕무가 상소하여 조식曹植을 문묘 종사를 청하였다.

○ 丁巳九月初四日丙寅 生員李德茂上疏 請從祀曹植于文廟

≪출전≫『光海君日記』권119, 광해 9년(1617, 丁巳) 9월 4일(丙寅)

10. 합천 생원 유진정柳震楨 등이 문정공 조식의 문묘 종사를 청하다.

합천 생원 유진정 등이 상소하여, 문정공文貞公 조식曺植을 문묘文廟에 종사從祀하기를 청하니, 임금이 답하기를,

"상소를 보고 그 뜻을 잘 알았다. 현인을 존경하는 그대들의 정성을 가상하게 여긴다. 마땅히 의논하여 처리할 것이니, 그대들은 물러가서 글을 읽도록 하라."

라고 하였다.

○ 陜川生員柳震楨等上疏 請以文貞公曺植從祀文廟 答曰 省疏 具悉 用嘉爾等尊賢之誠 自當議處 爾等退去讀書

≪출전≫ 『光海君日記』 권119, 광해 9년(1617, 丁巳) 9월 10일(壬申)

11. 사헌부가 조식을 문묘에 종사할 것을 청하다.

사헌부가 아뢰기를,

"〈중략〉예로부터 국가를 소유한 임금은 현인을 존경하고 도를 중시하는 것으로 교화를 일으키고 지치를 이룩하는 근본을 삼지 않은 경우가 없었습니다. 그런데 전하께서는 현인을 존경하라는 명만 내리고, 숭상하고 장려하는 은전을 베풀지 않는다면, 족히 예로써 양보하는 교화를 일으키고 문文을 숭상하는 교화를 이룩할 수 없을 것입니다.

선정신先正臣 조식曺植은 학문이 수사학洙泗學14)을 전해 받았고, 도道는 송나라의 염락濂洛15)에 접해 있어, 유림이 종사宗師로 여기고, 온 나라 사람들이 공경히 복종하고 있습니다. 그런데도 아직 문묘에 종사하는 은전을 받지 못하고 있으니, 어찌 밝은 세상의 흠이 아니겠으며, 우리 도학의 불행이 아니겠습니까?

이번에 영남 지방 유생들이 천리 길을 달려와서 전하께 상소를 올렸으니, 현인을 존경하는 정성이 지극하다고 하겠습니다. 그런데 윤허하는 분부를 받지 못하고 있으니, 선비들의 소망이 또한 처량하지 않겠습니까?

오늘날은 의리가 밝지 못하고 막혀서 선비들이 나아갈 방향을 정하지 못하고 있으며, 국시國是가 현란하기 때문에 인륜이 무너지고 있습니다. 어진 이를 포상하는 은전을 베풀어 존중하고 숭상하는 도리를 보여주지 않는다면, 종국에는 백성들이 짐승이 되는 지경에 이를 것이며, 나라는 나라답지 못하게 될 것입니다. 선정신 조식을 문묘에 종사하라는 명을 속히 내려 사문斯文을 중히 여기소서."

라고 하니, 임금이 서서히 결정하겠다고 답하였다.

○ 司憲府啓曰 <전략> 自古有國家者 莫不以尊賢重道爲興
化致治之本 然而徒有尊賢之命 而未有崇獎之典 則亦不足以興
禮讓之敎 而致右文之化矣 先正臣曺植學傳洙泗 道接濂洛 儒林
之所宗師 一國之所敬服 而尙闕從祀之典 豈非明時之大欠 而吾
道之不幸乎 今者 嶺南諸儒 裹足千里 陳疏九闥 其尊賢之誠 可
謂至矣 而未蒙允兪之音 多士之望 不亦孤乎 目今 義理晦塞 士
趨靡定 國是眩亂 彝倫斁敗 不有褒崇之典 以示尊尙之道 則終
至於民爲禽獸 而國非其國矣 請先正臣 曺植 亟命從祀 以重斯
文 答曰 徐當發落

≪출전≫ 『光海君日記』권119, 광해 9년(1617, 丁巳) 9월 21일(癸未)

12. 홍문관이 조식의 문묘 배향을 청하다.

홍문관이 상차하여 조식曺植을 문묘文廟에 배향하자고 청하
니, 임금이 서서히 결정하겠다고 답하였다.

○ 丁巳九月二十五日丁亥　弘文館上箚　請從祀曺植于文廟
答曰　徐當發落

≪출전≫『光海君日記』권119, 광해 9년(1617, 丁巳) 9월 25일(丁亥)

13. 생원 양시익楊時益 등이 조식의 문묘 배향을 청하다.

전라도 생원 양시익 등이 상소하여 조식曺植을 문묘文廟에 배향하자고 청하니, 임금이 답하기를,

"이 상소를 보고 그대들이 어진 이를 존중하는 뜻을 가상하게 여겼다. 그를 문묘에 종사하는 일은 천천히 의논하여 처리하겠다. 그대들은 돌아가서 글을 읽도록 하라."

라고 하였다.

○ 丁巳十月 初一日 朔壬辰 全羅道生員楊時益等上疏 請從祀曺植于文廟 答曰 省疏 用嘉尊賢之意 從祀事 徐當議處 爾等歸去讀書

≪출전≫ 『光海君日記』 권120, 광해 9년(1617, 丁巳) 10월 1일(壬辰)

14. 성균관 유생 유의남柳義男 등이 조식의
문묘 배향을 청하다.

성균관 유생 유의남 등이 상소하여, 선정신 조식曺植을 문묘에 종사할 것을 청하자, 임금이 답하기를,

"이 상소를 보고 그대들이 어진 이를 존중하는 성의에 대해 잘 알았다. 의논해서 처리하겠다."

라고 하였다.

○ 館學儒生柳義男等上疏 請先正臣曺植從祀文廟 答曰 省疏 具悉尊賢之誠 當議處焉

≪출전≫『光海君日記』권120, 광해 9년(1617, 丁巳) 10월 1일(壬辰)

15. 한양의 사학四學 유생들이 조식의 문묘 배향을 청하다.

한양의 사학四學 유생 남순南焞·황정필黃廷弼 등이 상소하여 조식曺植을 문묘에 종사할 것을 청하자, 임금이 답하기를,

"이 상소를 보고 그대들이 현인을 존중하는 정성을 잘 알았다. 천천히 의논하여 처리할 것이니, 물러가서 글을 읽도록 하라."

라고 하였다.

○ 四學儒生南焞黃廷弼等上疏 請從祀曺植于文廟 答曰 省疏 具悉尊賢之誠 徐當議處 退去讀書

≪출전≫『光海君日記』권120, 광해 9년(1617, 丁巳) 10월 4일(乙未)

조선왕조실록 등에 보이는 남명南冥 조식曺植 (2)

16. 생원 유진정柳震楨 등이 조식의 문묘 배향을 상소하다.

경상도 생원 유진정柳震楨 등이 상소하여 문정공文貞公 조식曺植을 문묘文廟에 종사할 것을 청하니, 임금이 답하기를,

"그대들이 어진 이를 존중하는 뜻은 내가 이미 알았다. 문묘에 종사하는 법은 조정에서 처리해야 할 것이니, 유생들이 독촉할 일이 아니다. 그대들은 물러가 학업을 닦도록 하라."

라고 하였다.

○ 慶尙道生員柳震楨等上疏 請文貞公曺植從祀文廟 答曰 爾等尊賢之意 予已悉矣 至於從祀之典 當自朝廷處置 固非儒生所督迫也 爾等可退去修業

≪출전≫『光海君日記』권120, 광해 9년(1617, 丁巳) 10월 25일(丙辰)

17. 나주 유학 정란鄭瀾 등이 상소하여 조식의 문묘 배향과 나덕봉羅德鳳·조응휴曹應休의 탄핵을 청하다.

나주羅州에 사는 유학 정란 등이 상소하여, 선정신 조식을 문묘에 종사할 것을 청하고, 또 나덕봉의 어진 이를 헐뜯고 유적儒籍을 불사르며 임금을 속인 죄와 강진현감康津縣監 조응휴曹應休가 서원건립을 저지한 죄를 다스릴 것을 청하였다.

○ 羅州幼學鄭瀾等上疏 請先正臣曹植從祀文廟 又請治羅德鳳 毁賢焚籍 欺罔君父 康津縣監 曹應休 沮抑建院之罪

≪출전≫『光海君日記』권120, 광해 9년(1617, 丁巳) 10월 27일(戊午)

18. 공홍도公洪道 유생 유형춘柳馨春 등이 상소하여 조식의 문묘 배향을 청하다.

공홍도 유생 유형춘 등이 상소하여, 조식을 문묘에 종사할 것을 청하였다.

○ 公洪道儒生柳馨春等上疏 請曺植從祀文廟

≪출전≫『光海君日記』권120, 광해 9년(1617, 丁巳) 10월 28일(己未)

19. 유학 정만鄭晩이 상소하여 조식을 문묘에 종사할 것을 청하다.

유학 정만이 상소하기를,

　"삼가 신은 선정신 조식曺植을 문묘에 종사하는 문제로 대궐 아래에서 직접 상소했습니다. 지금 듣건대, 나라에 중대한 논의가 벌어졌는데도 상하의 여러 신하들은 입을 다물고 한 동안 가만히 있는데, 갑자기 시골 유생이 연달아 발의했다고 합니다. 신은 이 말을 들으니, 손을 들어 치하하는 마음을 금치 못하겠습니다. 그리고 종묘·사직의 신령이 길이 보전될 경사가 실로 여기에서 그 증조를 드러냈다고 생각합니다.

　다만 한스러운 것은 전하께서 그 글을 속히 대신과 삼사에 내려 여론을 들어보고 대의를 들어 그 화근을 제거하지 않고 계시는 점입니다. 신이 조식을 존경하고 사모하는 것은 그가 인륜에 대한 중책을 맡아 어두워진 의리를 밝히고, 끊어진 윤리를 다시 폈기 때문입니다. 그러므로 그를 특별히 높이고 제사지냄으로써 거친 물결 속의 지주紙柱나 어두운 밤을 밝혀주는 달빛으로 삼기를 바라는 것입니다. 〈하략〉"

라고 하였다.

○　幼學鄭晩上疏曰　伏以臣以先正臣曺植從祀事　拜疏闕下　卽聞國家有大論　群臣上下　緘口結舌　久而未發者　忽連發於草野

儒生 臣不勝上手稱賀 謂宗社靈長之慶 實兆於此 所恨者 殿下
不亟下大臣三司 詢輿論擧大義 以絶禍萌耳 臣之所欽敬愛慕於
曺植者 爲其人負人倫重責 堙晦者明之 斁絶者敍之 庶幾尊異而
俎豆之 以爲橫流之砥柱長夜之日月爾

≪출전≫『光海君日記』권121, 광해 9년(1617, 丁巳) 11월 18일(己卯)

20. 전라도 유학 신상연申尙淵 등이 조식의 문묘 종사를 상소하다.

전라도 유학 신상연 등이 상소하였는데, 그 대개는 선정신 조식을 문묘에 종사하자고 청한 것을 속히 따르고, 박응서朴應犀의 무리가 흉악한 말을 지어내 선현을 무함한 죄를 흔쾌히 다스려서 나라의 명맥을 부지하라는 것이었다.

○ 全羅道幼學申尙淵等上疏 大槪 請亟從先正臣曹植從祀之請 快治應犀之黨 做出兇言 構陷先賢之罪 以扶國脈

≪출전≫『光海君日記』권122, 광해 9년(1617, 丁巳) 12월 9일(更子)

21. 성균관 유생 우방禹舫 등이 상소하여 조식을 문묘에 종사할 것을 청하다.

성균관 유생 우방 등이 상소하여 조식曺植을 문묘에 종사할 것을 청하니, 임금이 답하기를,

"이 상소를 보니 그대들의 어진 이를 존중하는 정성이 가상하다. 마땅히 의논하여 처리하도록 하겠다."

라고 하였다.
【우방은 충청도 사람이다. 당시의 여론에 아첨하여 생원시에 장원으로 급제하였다.】

○ 館學儒生禹舫等上疏 請曺植從祀文廟 答曰 省疏 用嘉尊賢之誠 當議處之【舫 湖西人也 詔附時論 爲生員壯元】

≪출전≫『光海君日記』권155, 광해 12년(1620, 庚申) 8월 20일(乙丑)

남명 전기 자료

22. 성균관 유생 우방禹舫 등이 상소하여 조식의 문묘 종사를 청하다.

성균관 유생 우방 등이 상소하여 조식을 문묘에 종사할 것을 청하니, 임금이 답하기를,

"그대들의 어진 이를 존중하는 정성을 가상히 여긴다. 마땅히 의논하여 처리하도록 하겠으니 그대들은 번거롭게 하지 말라."

라고 하였다.

【조식은 영남 사람이다. 곧고 고상한 것으로 스스로를 지켰고, 천인벽립千仞壁立의 기상으로 지조를 굽히지 않았다. 시사를 의논할 적에는 항상 격앙을 주로 하였다. 명종 때 징사徵士로 여러 번 임금의 부름을 받았으나, 단 한 번 상경하여 임금을 알현한 뒤 곧바로 돌아갔다. 그가 올린 상소에 "전하(명종)께서는 선왕이 남긴 한 고아이고, 자전慈殿(문정왕후)께서는 궁중의 한 과부에 불과합니다."라고 하였다. 또 "우리나라는 이서吏胥 때문에 국가가 반드시 망하게 될 것입니다."라고 하였다.

학문은 양명학陽明學에 조금 가까운데, 구차스럽게 전인의 설을 답습하려 하지 않았다. 학자들이 '남명선생南冥先生'이라 일컬었다. 퇴계선생이 일찍이 "세상 밖에 홀로 우뚝 서 있고, 고원한

곳에서 고결하게 산다."라고 하였다.

정인홍鄭仁弘이 바로 그의 문인이다. 때를 타고 사욕을 부려, 오현五賢16)을 배척하고 오직 자기 스승만을 높이고자 하여, 누차 그 일을 시도하였으나 뜻대로 되지 않았다. 이이첨李爾瞻이 또한 스스로 정인홍의 문인이라고 일컬으며 도통道統을 넘보려고까지 하여, 성균관의 유생들을 타일러서 이와 같이 진달하여 문묘 종사를 청한 것이다. 우방은 공주公州 사람으로 이이첨에게 빌붙어 생원시에 장원급제하였다.】

○ 庚申八月二十一日丙寅　館學儒生禹舫等上疏　請以曹植從祀文廟　答曰　用嘉尊賢之誠　當議而處之　爾等勿煩【植　嶺南人也　亢高自守　壁立不撓　持論常主激揚　明廟朝　以徵士屢召　一至登對　輒還　上疏有曰　殿下　先王之一孤子　慈殿　宮中之一寡婦云　至以胥吏爲國家必亡之患　學問稍涉陽明　不肯苟循塗轍　學者稱爲南冥先生　退溪先生嘗曰　亭亭物表　皎皎霞外　鄭仁弘　其門人也　乘時售私　至欲擠排五賢　獨尊其師　而屢試不得焉　爾瞻又自稱爲仁弘門人　至於希覬道統　諷諭館學　有此陳請　禹舫　公州人　附會爾瞻　得爲生員狀元】

≪출전≫『光海君日記』권155, 광해 12년(1620, 庚申) 8월 21일(丙寅)

23. 경상도 생원 장우원張祐遠 등이 상소하여 문정공 조식을 문묘에 종사할 것을 청하다.

경상도 생원 장우원 등이 상소하여 문정공文正公 조식曺植을 문묘文廟에 종사할 것을 청하니, 임금이 비답하기를,

"문묘에 종사하는 것은 중대한 일이니, 갑자기 시행할 수 없다. 그대들은 물러가서 학업을 닦으라."

라고 하였다.

○ 慶尙道生員張祐遠等疏 請文貞公曺植陞廡 批曰 陞廡 禮之重也 不可遽然施之 爾等退修學業

≪출전≫ 『高宗實錄』 권20, 고종 20년(1883, 癸未) 12월 8일(甲寅)

24. 경상도 생원 장우원張祐遠 등이 상소하여 문정공 조식을 문묘에 배향할 것을 청하다.

○ 경상도 생원 장우원張祐遠 등이 상소하기를,

"삼가 생각컨대, 천년토록 유술儒術이 전해지고 백세토록 사표師表가 되며 유도儒道를 드높인 공이 있고 항상 제사를 지낼 만한 데에 합하는 덕이 있는 경우는, 반드시 그에 걸맞은 큰 예가 있어 숭상하고 보답하는 뜻을 극진히 하였습니다. 이는 참으로 현인을 숭상하는 아름다운 거조며 나라를 다스리는 선무입니다.

지금 우리 전하께서는 하늘이 내리신 성덕과 지혜로 높고 밝은 이치를 배워 유학의 도로 하여금 중천에 떠 있는 태양처럼 환히 다시 세상을 비추게 하셨습니다. 신들처럼 보잘 것 없는 천한 것들도 만물이 모두 화육化育되는 가운데서 능히 고무되어 일어나서, 저절로 바람에 휩쓸리는 풀처럼 교화를 입었습니다.

오늘날 세상에서 보기 드문 참된 덕을 지닌 선비로 그의 순수한 도덕과 바른 학문은 문묘에 배향하기 합당한데도 아직까지 전하께서 윤허하시는 은전을 입지 못하고 있는 자가 있으니, 바로 선정신先正臣 문정공文貞公 조식曺植이 그 사람입니다.

대저 조식의 학문은 격물格物·치지致知·성의誠意·정심正心으로 그 근본을 삼고, 공자·맹자·정자程子·주자朱子로 그 규범을 삼았습니다. 문을 닫고 들어앉아 심성을 수양하고 성리性理에 잠심해서 함양하고 자득해서 성신誠身과 명선明善을 둘 다 극진히 하였습니다. 경敬·의義 두 자를 써서 벽에 붙여 두고서 성찰하는 가운데 혹시라도 있을지 모르는 게으름을 경계하였고, 성현의 유상遺像을 벽에 걸어 놓고서 우러러 사모하는 성의를 붙였습니다. 항시 성성자惺惺子를 허리춤에 차고 다니며 눈에 보이지 않고 귀에 들리지 않는 지경에서 더욱 경계하고 삼갔습니다.

공경하고 삼가며 스스로 의지를 강하게 하고, 부지런히 힘쓰며 잠시도 쉬지 않아 아는 것이 이미 정밀하였으나 더욱 정밀하기를 구하였고, 실천하는 데 이미 힘을 기울였으나 더욱 그 힘을 극진히 하였습니다. 실천이 이미 독실하여 그 빛이 저절로 드러나고, 체體·용用이 이미 겸비되어 심법心法이 엄밀하였습니다. 증자曾子와 자사子思가 전해 준 것에 깊이 터득함이 있었고, 정자와 주자의 글에 더욱 기쁜 마음으로 복종하였습니다. 지난 일에서 도가 실추된 실마리를 찾았고, 다가올 일에 후학을 계도하였습니다. 그러니 그가 도학을 천명한 공로는 옛날의 선비에 비교하더라도 양보할 사람이 많지 않을 것입니다.

『학기유편學記類編』에서는, 먼저 도道의 통체統體를 논하고, 차례로 학문을 하는 순서에 이르렀습니다. 천도天道·천명天命·도심道心·인심人心·이기理氣·성정性情의 심오한 뜻과 격물格物·치지致知·성의誠意·정심正心·수신修身·제가齊家·치국治國의 요점이 도설圖說 안에 환히 갖추어지지 않은 것이 없습니다. 이 책은 자사子思가 『중용中庸』을 지은 뜻을 본뜬 것으로, 사서四書·『근사록近思錄』 등의 책과 동일한 규범이 됩니다. 그 마지막 장에서 성현들이 서로 전해 주었다고 한 말은 곧 『맹자』 7편 마지막 장의 요지입니다. 이는 모두 몸소 실천하고 마음 속에서 터득한 것으로 도에 나아가고 덕으로 들어가는 문이 되는데, 천 길을 날아오르는 듯한 기상은 의당 털끝만큼도 의도가 없는 듯합니다.

임금을 사랑하고 나라를 근심하는 정성은 늘 마음 속에 간절하여 잠시도 잊지 못하였습니다. 혹 말을 하다가 백성과 나라

조선왕조실록 등에 보이는 남명南冥 조식曹植 (2)

에 미치면 일찍이 탄식을 하며 감정을 억누르지 않은 적이 없었으며, 오열을 하며 눈물을 흘리기까지 하였습니다. '위급함을 구제하소서.[救急]'라는 두 자를 올리고, 시폐時弊 10조를 진달했습니다. 벼슬을 사직하는 상소에서 명선明善과 성신誠身으로 임금이 정치를 펴는 근본을 삼고, 명선·성신하는 방법으로는 경敬을 위주로 하였습니다.

그는 도학道學의 중책을 자임하고 임금과 백성이 위임한 것을 잊었으니, 함께 병행해도 서로 어긋남이 없다는 경우라고 하겠습니다. 긴긴 밤의 달처럼 환하고, 부서지는 파도 속의 지주砥柱처럼 우뚝하여, 인륜의 기강을 부지하고 선비들의 추향할 바를 바로잡아 우뚝하게 동방의 큰 선비가 되었습니다. 그 공은 우리 도를 빛내고 그 은택은 백성들에게 미쳤습니다. 사람들로 하여금 군신과 부자의 의리를 알게 한 것이 모두 그의 힘이었습니다.

당시 그의 문하에 와서 배운 선비들과 그의 사후 사숙私淑한 사람들은 각자 자신의 재주와 역량에 따라 훈도되고 감발되어 모두 덕을 이룬 군자가 되었습니다. 임진왜란이 일어나자 의병을 일으키고 임금을 보위하여 몸을 바쳐 나라에 보답해서 찬란한 공렬이 역사에 밝게 드러난 사람들 가운데 오직 문정공의 문인들이 가장 많습니다. 그러니 그가 사람들을 인도해 성취시킨 공을 절로 알 수 있습니다.

아! 천지가 대현大賢을 낳은 것은 손을 꼽아 헤아릴 정도로 적습니다. 맹자가 돌아가신 뒤로 도학이 전해지지 못하다가 1천여 년이 지나 송宋나라에 이르러서 진유眞儒들이 배출되어 우리 도의 형통함이 이에 성대하게 되었습니다. 그러나 유현儒賢을 받들어 문묘文廟에 배향하는 일은 순우淳祐[17] 말년에 비로소 거행되었습니다. 이는 불행한 일이라고 할 수 없지만, 양시楊時·이통李侗과 같은 현인은 유독 배향되지 못하였으니, 또한 어찌 다행 중의 불행이 아니겠습니까?

신들이 삼가 엎드려 생각건대, 우리 동방에서 이름난 유학자와 위대한 현인으로 칭할 만한 사람이 한둘이 아니지만, 도학을 전한 점에 대해서는 듣지 못했습니다. 고려 말에 이르러 정몽주鄭夢周가 성리性理를 미루어 드러내고 경학經學을 앞장서 밝혔습니다. 조선이 개국한 뒤에 문치의 교화가 크게 형통해 유학을 하는 선비들이 성대하게 일어났습니다. 이를테면 문경공文敬公 신 김굉필金宏弼, 문헌공文獻公 신 정여창鄭汝昌, 문정공文正公 신 조광조趙光祖, 문원공文元公 신 이언적李彦迪, 문순공文純公 신 이황李滉, 문정공文貞公 신 조식曹植 등은 당세에 저명한 현인들로서 연이어 이 땅에 태어나 도를 자기의 도로 자임하여 전해지지 않던 것을 전하고 후진을 깨우쳐주었습니다. 그 공은 아마 송나라 염락관민濂洛關閩[18]의 대유大儒들에게 거의 가까울 것입니다.

이 여섯 현인은 태어나신 선후는 같지 않았지만 도에 있어서는 피차의 차이가 없으니, 국가에서 의지해 중시하는 점이나 후학들이 우러러 받드는 점에 있어서도 어찌 그 사이에 경중의 차이가 있을 수 있겠습니까? 문묘에 종사從祀하는 동일한 법전에는 의당 피차의 구별이 없을 것입니다. 그런데 성조聖朝에서 어진 이를 높여 추숭하는 은명이 다섯 현인에게는 내려졌는데 유독 조식만은 빠졌으니, 송나라 때 양시楊時·이통李侗을 빠뜨린 일과 유사함을 면치 못하게 되었습니다. 이 어찌 성대한 세상의 흠이 되는 은전이 아니겠으며, 사문斯文의 불행이 아니겠습니까?

신들이 삼가 후대 사람이 오늘날의 사람을 보기를 마치 오늘날 사람이 옛날 사람을 보는 것과 같을까 두렵습니다. 그러므로 조식을 문묘에 종사해 달라는 요청이 그의 문인 문목공文穆公 정구鄭逑로부터 시작된 이후로 조정과 재야에서 계속해 일어나 옥당玉堂(弘文館)의 상차上箚가 1번, 양사兩司(司憲府와 司諫院)의 상소가 2번, 성균관 유생의 상소가 12번, 영남 유생의 상소가 12

번, 호서 유생의 상소가 8번, 호남 유생의 상소가 4번, 개성부 유생의 상소가 1번, 기호와 영남 유생들이 연합한 상소가 1번, 팔도의 유생들이 올린 상소가 2번, 경기와 영남 유생들이 연합한 상소가 1번으로, 모두 44번의 상소가 있었습니다. 그때마다 모두 역대 선왕들께서는 우대하고 존숭하는 비답을 내렸으니, 공공의 여론이 정해진 것이 또한 오래된 일이 아니겠습니까?

아! 옛날 선조宣祖께서 내리신 사제문賜祭文에,

일찍이 큰 의리를 알아서,	夙見大義
심오한 이치를 널리 탐구했네.	旁搜蘊奧
위대하고 위대한 공자와 안자여,	嘐嘐孔顔
그 경지를 기약하고 그리로 나아갔네.	是期是造

라고 하였으며, 또

옥병이나 가을달처럼 맑고 깨끗하며,	氷壺秋月
경사스런 구름 같고 상서로운 별 같네.	慶雲景星
한 시대를 촛불처럼 환히 밝히니,	光燭一代
그 공이 백세토록 영원하리라.	功存百世

라고 하였으며, 또

하늘이 현인을 남겨두려 하지 않아,	天不慭遺
큰 원로들이 연이어 세상을 떠나네.	大老繼零
온 나라 안이 텅 비고 쓸쓸하여,	國以空虛
이제는 본받을 분이 없구나.	奈無典刑
누구에게 의지해 시내를 건너며,	濟川誰倚
어디에서 높은 산을 우러를꼬.	高山何仰

남명 전기 자료

선비들은 누구에게 의지할 것이며,   士子疇依
백성들은 누구를 우러르며 살아가리.   生民誰望

라고 하였으며, 또

타고난 기질 엄중하고 순수했으며,   嚴凝純粹
도량은 광명정대하였도다.   正大光明
마음을 경敬에 두는 성학의 공부,   居敬聖功
능히 함양을 극진히 하였도다.   克致涵養
의리에 배합한 바른 기상이,   配義正氣
천지간에 가득하게 모였네.   塞于穹襄
경으로 안을 곧게 의로 밖을 방정하게 해,   直內方外
성심이 충만하게 가득차 절로 빛을 발하였네.   充實有輝
도는 수신제가를 극진히 하는 것,   道盡修齊
학문은 정밀하고 치밀한 데 나아갔네.   學造精微

라고 하였습니다. 정조正祖께서 내리신 사제문에는,

얼마나 다행인가 우리 남명이,   何幸南冥
동국에 태어난 것이.   乃生東國
깨끗하고 맑은 성품에,   灑灑落落
우뚝하고 우뚝한 기상.   巖巖屹屹
빼어나고 특이난 기질에,   絶異之質
홀로 터득한 탁월한 견해.   獨得之見
밤낮으로 쉬지 않고 공부한 것,   焚膏繼晷
사서와 육경의 경전공부였지.   四子六經

라고 하였고, 또

조선왕조실록 등에 보이는 남명南冥 조식曹植 (2)

곧고 방정하게 하는 공부 변함 없어,　　　　　直方不渝
안과 밖을 함께 함양했네.　　　　　　　　　表裏交養
이 기상이 의리에 배합하니,　　　　　　　　是氣配義
안으로 살펴 스스로 만족하였네.　　　　　　內省自慊

라고 하였습니다.

　　그리고 동시대 도의로 교유한 문순공文純公 이황李滉은 말하기를,

　　　'그는 몸을 닦고 뜻을 함양하였으니, 그가 터득한 큰 깨달음과 축적한 후덕함을 세상에 베풀었다면 어디를 가든 이롭지 않음이 없었을 것이다.'

라고 하였으며, 징사徵士 성운成運은 말하기를,

　　　'독실히 배우고 힘써 실천하여 도를 닦고 덕에 나아갔으니, 옛날 현인에 추급해 짝할 만하고 후학들에게 종사宗師가 될 만하다.'

라고 하였으며, 문성공文成公 이이李珥는 말하기를,

　　　'세상의 도를 되돌려 바로잡은 공은 여러 현인들의 뒤에 있지 않다.'

라고 하였습니다. 문목공文穆公 정구鄭逑는 제문에서,

'타고난 본성 안에서 스스로 반성하고, 자신을 위한 실질적인 일에 힘을 쏟으셨네. 충성과 신의로 근본을 삼고, 공경과 의리를 주로 하셨네.'

라고 하였으며, 또

'6척의 어린 세자를 맡길 만한 인물이셨고, 사방 백리 제후국의 명령을 맡길 만한 분이셨네.'

라고 하였으며, 문충공文忠公 김성일金誠一은 말하기를,

'퇴계와 남명 두 선생은 똑같이 한 세상에 태어나 도학을 창도해 밝혀 인륜의 기강을 부지하고 인심을 착하게 하는 것으로 자신의 임무를 삼으셨다.'

라고 하였으며, 문정공文貞公 김우옹金宇顒은 말하기를,

'타고난 본성 안에서 얻은 것이라 만고에 드리워도 없어지지 않으리니, 애초 벼슬자리에 나아가고 나아가지 않은 것으로 선생의 덕을 더하거나 빼거나 할 수 있는 것이 아니다.'

라고 하였으며, 문간공文簡公 정온鄭蘊은 말하기를,

'경의敬義의 학문에 전일하고 정밀하여 이미 성현의 경지에 오르셨다.'

라고 하였으며, 문정공文正公 송시열宋時烈은 말하기를,

'사림이 더욱 경모하여 밤하늘의 북두성과 같이 여겼다. 그 학문은 오로지 경의敬義로 요체를 삼았다.'

라고 하였으며, 또 말하기를,

'태산이 이미 무너지니 나라에 법전이 없어지고 선비들이 본받을 곳이 없게 되었다.'

라고 하였으며, 또 말하기를,

'선생이 돌아가시니 선비들은 더욱 구차해지고 풍속은 점점 변하였다. 그래서 유식한 이들이 선생을 그리워하는 것이 더욱 간절하였다.'

라고 하였습니다. 또 선조宣祖 때 도학의 올바름에 대해 논하면서 퇴계·남명·율곡·중봉重峯·우계牛溪를 드러내 칭송하였습니다. 문간공文簡公 신 조경趙絅은 말하기를,

'학문은 안자顏子를 표준으로 삼았고, 의지는 이윤伊尹을 목표로 삼았네.'

라고 하였습니다.

아! 조식의 학문은 이처럼 성대했습니다. 그의 학문이 지극히

정밀하고 순수하지 않았다면 열성조에서 존숭하고 장려함이 어찌 이처럼 정중했겠으며, 여러 선배들이 추중하고 감복함이 또한 이처럼 정녕했겠습니까?

이로 말미암아 본다면 벼슬 할 만하면 벼슬하고 그칠 만하면 그친다는 것이 공자孔子의 시중時中인데, 오직 조식이 이 점을 본받았습니다. 그러므로 이황은 말하기를, '군자의 출처出處의 의리에 합한다.'고 했습니다. 태산처럼 높고 험하며 천 길 깎아지른 절벽처럼 우뚝한 것이 맹자孟子의 기상인데, 오직 조식이 이와 흡사합니다. 그러므로 정구鄭逑는 말하기를, '태산처럼 우뚝 솟은 기상이 있다.'고 하였습니다. 안자顔子의 극기공부克己工夫를 오직 조식이 본받았기 때문에 송시열은 말하기를, '극기공부는 한 칼로 두 동강을 내는 것과 같았다.'고 하였습니다. 증자曾子의 부모의 뜻을 기르는 효성을 오직 조식이 행하였기 때문에 정조正祖께서 친히 내린 제문에 '신령에 통하는 효성과 우애'라고 하였던 것입니다. 또한 그는 염백우冉伯牛·민자건閔子騫의 덕행, 자유子游·자하子夏의 문학을 겸비하였습니다.

태극도太極圖와 성리性理의 설은 주자周子(周敦頤)와 소자邵子(邵雍)으로부터 전해진 적전嫡傳이며, 성덕聖德을 널리 펴고 의리를 자세히 분석함은 정자程子와 주자朱子를 사숙한 것입니다. 그리고 성현의 학문을 이어 밝히기에 힘쓰고, 백성들의 어렵고 힘든 바를 염려하여, 임금을 알현한 자리에서 충심을 아뢰고, 상소·차자에 경륜을 편 것들도 자양紫陽 주부자朱夫子(朱子)가 연영전延英殿에 나아가 황제를 만났던 일과 조금도 차이가 없습니다. 그러니 그의 학문이 순정하며, 도덕이 고명하였음은 성인에게 질정해도 의심하지 않고 모두 문묘에 배향할 만하다고 할 것입니다. 성상께서도 이미 이 점을 환히 알고 계실 것입니다.

지난 정조正祖 정사년(1797) 조정에서 '문정공文貞公의 도덕이 문묘에 배향하기에 합당하지 않다고 여겨서가 아니다.'라고 유시한 바 있으며, 순조純祖 갑술년(1814)에는 '묘당廟堂으로 하여금 아뢰어 조처하게 하라'는 전교가 있었습니다. 그런데 세월이 이미 오래되었는데도 아직까지 윤허한다는 윤음을 받지 못하여 여러 사람들의 마음이 오래도록 답답해하고 있으며, 사기가 더욱 침체되었습니다.

지금 우리 주상 전하께서 즉위하신 지 20여 년이 되었는데, 성학聖學을 이어 밝히시고 현인을 존숭하는 도리에도 극진하지 않음이 없으십니다. 그러니 선왕조先王朝에서 뜻했던 일이지만 겨를이 없었던 일을 전하께서 오늘 이어 펼치시기를 기다린 듯한 점이 실로 있음을 알 수 있습니다. 엎드려 바라건대, 성스럽고 총명하신 전하께서는 속히 결단하시어 특별히 예식을 거행하게 하여 선정신 문정공 조식으로 하여금 문묘에 배향의 예를 받을 수 있도록 윤허해 주소서. 그러면 문文을 존중하고 도道를 숭상하는 풍속이 천하 후세에 영원히 칭송될 것입니다. 이는 국가로서도 매우 다행이며, 사문으로서도 매우 다행스런 일이고, 신들도 책임이 없어질 것입니다."

라고 하였는데, 임금이 답하기를,

"상소를 보고 그대의 뜻을 잘 알았다. 문묘 배향은 중요한 일이므로 가볍게 시행할 수 없다. 너희들은 물러가서 학업을 닦으라."

라고 하였다.

○ 慶尙道生員張祐遠等疏曰 伏以 千載有儒 百世爲師 功尊斯道 德合常祀 則必有殷禮之稱 以致崇報之意 此固尙賢之美擧 爲國之先務也 今我殿下 以天挺之聖睿 學高明 使斯道 如日中天 煥然復明於世 如臣等螻螘之賤 亦能鼓舞動盪於鳶魚之化 自然若草尙之風而不容已也 今有間世之眞德 道德之純 學問之正 合躋聖廡 而尙未蒙允兪之恩者 卽先正臣文貞公曺植 是也

夫曺植之學 以格致誠正爲之本 以洙泗洛閩爲之範 杜門藏修 潛心性理 涵養自得 誠明兩盡 書敬義二字 以戒其省察之或怠 揭聖賢遺像 以寓其景慕之誠意 常佩惺惺子於衣帶之間 尤戒謹於不睹不聞之地 乾乾自强 亹亹不息 知之已精而益求其精 行之已力而益致其力 踐履旣篤 光輝自著 體用兼該 心法嚴密 深有得於曾傳思傳 而尤悅服乎程訓朱書 尋墜緒於旣往 啓後學於方來 其闡明道學之功 方之古儒 未可多讓 學記之篇 首論道之統體 次及爲學次第 天道天命道心人心理氣性情之奧 與夫格物致知誠意正心修身齊家治國之要 靡不燦然備具於圖說之中 其爲書也 倣思聖作庸之意 與四子近思之書 同一規範 而及其末章聖賢相傳之說 卽孟子七篇末章之旨 此皆躬行心得之餘 造道入德之門 而翔千仞之氣像 宜若一毫無意

조선왕조실록 등에 보이는 남명南冥 조식曺植 (2)

於愛君憂國之誠 則眷眷焉不能忘焉 或時語及民國 未嘗不歔
欷掩抑 以至嗚咽而流涕 救急二字之獻 時弊十條之陳 辭謝之章
而以明善誠身 爲人主出治之本 明善誠身 以敬爲主 其任道學之
重 忘君民之寄 可謂幷行不悖 而日月於長夜 砥柱於頹波 扶人
紀正士趍 卓然爲東方大儒 功光于吾道 澤及乎斯民 使人人知君
臣父子之義者 皆其力也 當日及門之士 後來私淑之人 各隨其才
量 薰陶感發 率皆爲成德君子 而逮夫壬辰之亂 凡倡義勤王 殉
身報國 炳炳烈烈 昭著乘史者 惟文貞之門人 爲最多焉 則其誘
掖成就之功 自可見矣

嗚乎 天地生大賢也 不數 孟子沒而道學無傳 千有餘年 而至
宋朝 眞儒輩出 吾道之亨 於斯爲盛 然而襃揚陞祀之典 始擧於
淳祐之末 不可謂不幸 而楊時李侗之賢 獨不得與焉 則又豈非幸
中之不幸也哉 臣等竊伏惟念 我東方名儒碩賢可稱者 非一 而道
學之傳 則無聞焉 至於麗季 鄭夢周推闡性理 倡明經學 逮夫聖
朝開運 文敎大亨 儒學之士 蔚然作興 如文敬公臣金宏弼 文獻
公臣鄭汝昌 文正公臣趙光祖 文元公臣李彦迪 文純公臣李滉 文
貞公臣曺植 俱以命世之賢 相繼挺生 以道自任其道 以傳不傳覺
後覺之功 殆庶幾濂洛之諸儒矣

兹有六賢 生有前後之不同 而道無彼此之有異 國家之所倚重
後學之所瞻仰 亦豈有輕重差殊於其間哉 從祀一典 宜無彼此之
殊 而聖朝襃崇之命 旣加於五臣 而獨闕於曺植 不免與宋之楊時
李侗之事相類 寧不爲盛時之虧典 斯文之不幸也 臣等竊恐後之
視今 猶今之視昔也 故從祀之請 始於門人文穆公臣鄭逑 而朝野

繼發 玉堂箚一度 兩司箚二度 館學十二度 嶺南十二度 湖西八度 湖南四度 開城府一度 畿湖嶺合疏一度 八道合疏二度 畿嶺合疏一度 凡四十四疏 而俱蒙列聖朝優尙之批 則其爲公議之定 不亦久乎

嗚乎 昔在宣廟朝 賜祭文曰 蚤見大義 旁搜蘊奧 嘐嘐孔顏 是期是造 又曰 氷壺秋月 慶雲景星 光燭一代 功存百世 又曰 天不愁遺 大老繼零 國以空虛 奈無典刑 濟川誰倚 高山何仰 士子疇依 生民誰望 又曰 嚴凝純粹 正大光明 居敬聖功 克致涵養 配義正氣 塞于穹裏 直內方外 充實有輝 道盡修齊 學造精微 正廟朝賜祭文曰 何幸南冥 乃生東國 灑灑落落 巖巖屹屹 絶異之質 獨得之見 焚膏繼晷 四子六經 又曰 直方不渝 表裏交養 是氣配義 內省自慊

同時道義交 文純公臣李滉曰 修己養志 其得之之鉅 積之之厚 施之於世 無往而不利 徵士臣成運曰 篤學力行 修道進德 追配前賢 宗師後學 文成公臣李珥曰 挽回世道之功 不在諸賢之後 文穆公臣鄭逑曰 自反於性分之內 用力於爲己之事 忠信以爲本 敬義以爲主 又曰 可以托六尺之孤 可以寄百里之命 文忠公臣金誠一曰 退溪南冥兩先生 幷生一世 倡明道學 以扶人紀淑人心爲己任 文貞公臣金宇顒曰 所得於性分之內 而亘萬古而不磨者 初不以用捨加損 文簡公臣鄭蘊曰 專精敬義之學 已至聖賢之域 文正公臣宋時烈曰 士林愈傾如斗在北 其學專以敬義爲要 又曰 泰山旣頹 邦無典刑 士無矜式 又曰 先生旣沒 士益苟俗益渝 有識之思先生益甚 又論宣廟朝道學之正 而表稱退溪南冥栗谷重峯

牛溪 文簡公臣趙絅曰 學以顔子爲準繩 志以伊尹爲標的

　　猗歟盛哉 曺植之學 儻非至精至粹 列聖朝崇奬 何如是鄭重
諸先輩推服 又如是丁寧耶 由是觀之 仕則仕 止則止 夫子之時
中 而惟植則之哉 故李滉曰 合於君子出處之義 泰山巖巖 壁立
千仞 孟子之氣象 而惟植似之 故鄭逑曰 有泰山壁立之像 顔子
克己之工 惟植學之 故宋時烈曰 克己如一刀兩段 曾子養志之孝
惟植行之 故正廟朝親製祭文曰 通神孝友 冉閔之德行 游夏之文
學 亦已兼備 太極之圖 性理之說 嫡傳於周邵 龍德之普 蠶絲之
分 私淑於程朱 而勉聖學之緝熙 念生靈之困悴 開陳忠悃於筵席
展布經綸於疏箚者 亦無間於紫陽朱夫子延英之對 則學問之純
正 道德之高明 質聖人而無疑 皆曰可祀 而聖鑑亦已洞燭

　　粵在正廟丁巳 有朝家非以文貞道德 謂不合於陞廡之論 純廟
甲戌 有令廟堂稟處之敎 而歲年已積 尙未蒙允兪之音 群情久鬱
士氣益沮 今我主上殿下 臨御二十載 聖學緝熙 其於尊賢之道
靡不用極 是知先朝未遑之志事 實有待於殿下今日之繼述也 伏
望聖明夬垂乾斷 特擧縟儀 使先正臣文貞公曺植 得蒙聖廡陞祀
之禮 則右文崇道之風 永有辭於天下後世矣 國家幸甚 斯文幸甚
臣等無任云云 省疏具悉 陞廡禮之重也 不可遽然施之 爾等退修
學業

≪출전≫『承政院日記』고종 20년(1883, 癸未) 12월 8일(甲寅)

6. 조식의 문인들에 관한 기사

01. 최영경崔永慶의 인품.

최영경은 처음 한성漢城에 살았는데, 어느 날 문을 닫고 자취를 감추어 그의 행방을 아는 사람이 없었다. 어버이를 지극한 효성으로 섬겼는데, 어머니가 돌아가시자 가산을 기울이면서 장례 비용을 마련하여 석곽石槨을 써서 장사를 지냈다. 마을 사람들 가운데는 우활한 사람이라고 여겨 그를 중시하지 않는 사람도 있었다.

사인士人 안민학安敏學이 그의 비범한 행동을 보고 성혼成渾에게 말하자, 성혼이 그를 찾아가 용모가 맑고 엄숙한 것을 보고서 함께 이야기를 나눴는데 서로 마음이 통하였다. 그 말이 공경公卿 사이에 전파되어 이름을 드러나게 되었다.

얼마 뒤 진주晉州에 은거하여 조식曺植을 종유하였다. 기절氣節을 숭상하고 의론議論을 좋아하였다. 조식이 그를 정인홍鄭仁弘 다음으로 대우하였다.

○ 崔永慶初居漢城 杜門屛跡 人無知者 事親至孝 母死 傾

家辦資 用石槨以葬 里中人或稱其迂拗 不之重也 士人安敏學
察其異 言於成渾 渾就見其容儀淸嚴 與語相契 傳播公卿間 由
是著名 旣而遯居晉州 從曺植遊 尙氣節好議論 植待之亞於仁弘

≪출전≫『宣祖修正實錄』권7, 선조 6년(1573, 癸酉) 5월 1일(庚辰)

02. 김우옹金宇顒을 홍문관 정자로 삼다.

김우옹을 홍문관 정자로 삼았다. 김우옹은 조식曹植의 문인인데, 신진新進으로서 청명清名이 있었다.

○ 金宇顒爲弘文館正字 宇顒 曹植門人 新進有清名

≪출전≫『宣祖修正實錄』 권7, 선조 6년(1573, 癸酉) 9월 1일(戊寅)

03. 주강晝講에 김우옹金宇顒이 정구鄭逑에 대해 아뢰다.

주강에 『서경』「태갑 하太甲下」의 '덕이 있으면 다스려지고 [德惟治]'로부터 다음 절 주석 '새로 즉위한 임금이 이런 덕을 본 받기를 바란 것이다.[庶幾其監視此]'까지 강하였다. 김우옹이 아뢰 기를,

"지난번 이조吏曹에서 서계書啓한 데에 '산야山野에 사는 조행 操行이 있는 선비'에 대해 아뢰었는데, 대개 모두 선사善士를 말한 것입니다. 유학幼學 정구鄭逑는 나이가 가장 젊어서 대신들이 모 르지만, 학문이 통명通明하여 장래가 있는 사람입니다. 이황李滉 을 따라 글을 배웠고, 일찍이 조식曹植의 문하에 왕래하였으며, 이미 재주와 식견이 있는 데다 또 학문도 갖추었습니다. 신은 정 구와 같은 동네에 살기 때문에 그의 사람됨을 잘 압니다."

라고 하자, 임금이 이르기를,

"정구는 성주星州 사람인가? 나이는 몇인가?"

라고 하여, 김우옹이 아뢰기를,

"그는 성주 사람이고, 나이는 계묘년(1543)에 출생했으니

남명 전기 자료

서른 하나입니다."

라고 하였다. 대저 어진 선비는 일명一命의 벼슬로 명해야 한다. 벼슬하지 않은 사士의 신분으로 입대入對시켜 학문과 시사를 묻는 것에 대해, 임금은 행하기 어렵다고 생각했다.

○ 戊辰 晝講 自德惟治 止庶幾其監視此也 金宇顒啓曰 頃日 吏曹書啓 山野操行之士 大槪皆善士也 幼學鄭逑 年最少 故大臣不知矣 學問通明 有將來之人也 從李滉學文 嘗往來曹植之門 旣有才識 又有學問 臣與逑同里閈 故詳知其爲人矣 上曰 逑是星州人耶 年幾何 啓曰 星州人 年則癸卯也 大抵賢士 命以一命之爵 可也 布衣入對訪問事 上以爲難行

≪출전≫ 『宣祖實錄』 권7, 선조 6년(1573, 癸酉) 12월 22일(戊辰)

04. 정구鄭逑를 사포서 사포司圃署司圃로 삼았으나 사양하였다.

처사 정구를 사포서 사포로 삼았으나, 사양하고 사은숙배하지 않았다. 정구는 본래 한양에 살던 사족이었는데, 성주星州에서 장가들고 그대로 그 고을에 정착하였다. 그는 젊어서부터 학문에 뜻을 두고 예禮를 실천했다. 한번 과거시험장에 나가 시험을 보고 난 뒤로 다시는 과거시험에 응시하지 않았다. 서당을 열고 학문을 강론하자, 고을 사람들이 그를 추대하여 스승으로 삼았다. 이에 앞서 조정의 신하들 중에 그를 추천하는 자가 많았다. 김우옹金宇顒이 임금에게 아뢰기를,

"정구는 이황李滉을 따라 배운 적이 있고, 또 조식曺植의 문하에 왕래하였습니다. 그의 학문은 통달하고 밝으며, 또 재주와 국량과 조행操行이 있습니다. 선비의 신분으로 입대入對하게 하여 정치의 방도를 물어보시고, 그의 인품을 관찰해 보신 뒤에 관직에 임명하소서."

라고 하였다. 이로부터 누차 관직에 제수되었으나 나아가지 않았다. 이때에 이르러 인사를 담당한 이조吏曹에서 6품직에 승진임용할 것을 청하였기 때문에 이 자리에 제수된 것이다. 그러나 정구는 상소를 올려 사양하고 나오지 않았다.

○ 以處士鄭逑爲司圃署司圃 辭不拜 逑本以京族 娶妻星州
仍寓居其鄕 自少志學服禮 一試科場而退 不復應擧 闢塾講學
鄕人推以爲師 先是 廷臣多有薦之者 金宇顒啓于上曰 逑曾從李
滉學 又往來曺植之門 學問通明 又有才局操行 宜以布衣入對
訪問治道 觀其人品 然後官之 自是 屢除官不就 至是 銓曹啓請
陞授六品職 故有是除 逑上疏辭不至

≪출전≫『宣祖修正實錄』권12, 선조 11년(1578, 戊寅) 6월 1일(辛巳)

조선왕조실록 등에 보이는 남명南冥 조식曹植 (2)

05. 최영경崔永慶이 옥사獄死하자, 사람들이 원통하게 여겼다.

최영경이 옥에 갇혀 있을 적에, 홍정서洪廷瑞는 그 말이 진주 품관品官 정홍조鄭弘祚에게서 나왔다는 이유로, 잡혀올 때 정홍조와 함께 잡혀 왔다. 정홍조가 말한 것으로 심문에 따라 진술할 적에, 정홍조는 승복하지 않아 한 차례 형을 가하며 심문하였으나 또한 승복하지 않았다. 얼마 뒤 최영경의 병이 심해져 사망한 뒤에, 홍정서 등은 모두 석방되었다. 사간원이 오히려 전의 주장을 고집하여 아뢰기를,

"최영경은 범죄의 단서가 드러나 논리가 막히자 자살한 것입니다. 그런데 의금부의 죄수를 감독하는 관리가 수직守直을 잘 하지 못해 갑자기 죽게 했으니, 청컨대 그를 파직시키소서."

라고 하니, 윤허하였다. 사헌부 도사는 강종윤姜宗允이었다.

최영경은 효성과 우애를 독실히 행함이 있었다. 조식曹植을 존모하였고, 정인홍鄭仁弘과 뜻을 같이하였다. 이 두 사람을 서로 칭찬하였는데 최영경의 명예가 정인홍보다 나았다. 그는 영남에 살았는데 많은 선비들이 존숭하였고, 조정에서도 그의 논의에 따라 인물을 진퇴시켰다. 그의 명성과 세력이 매우 커져, 집안의 뜰이 저자거리처럼 붐볐다. 최영경은 의기義氣와 정의情誼를 숭

상하고 선악을 평가하길 좋아했다. 그러나 당론에 치우쳤기 때문에 그를 싫어하는 자도 많았다.

일찍이 박순朴淳과 정철鄭澈을 죽여야 한다고 앞장서서 말했다. 그러므로 정철이 국청에 있으면서 최영경의 공초를 받고 나와서 물러난 뒤, 구원해 풀어주자는 말이 있자, 손으로 자기 목을 그으면서 말하기를,

"저 사람이 항상 나를 이렇게 처결하고자 하였습니다. 나는 군자이니, 오늘 어찌 저 사람의 불행을 달게 여기는 마음이 있겠습니까?"

라고 하자, 유성룡柳成龍이 말하기를,

"여기는 농담할 장소가 아닙니다."

라고 하니, 정철이 말하기를,

"알았습니다. 다만 훗날 이 말로 증거를 삼으려는 것입니다."

라고 하였다. 또 이항복李恒福과 상의하여 최영경을 신원해 구하는 차자箚子를 초안하였다가, 최영경이 석방되자 올리지 않았다. 그러나 최영경의 옥사에 대해, 사람들은 대부분 원통하게 여기며, 정철이 속으로는 원한을 갚으려 하면서 겉으로는 구원하는 척하는 것이라고 하였다.

○ 崔永慶之在獄 洪廷瑞以其語出於晉州品官鄭弘祚 被追時 與之偕來 以弘祚所言納供 弘祚供不服 拷訊一次 又不服 旣而 永慶病劇而歿 廷瑞等竝見釋 諫院猶執前說 啓以永慶端緒呈露 理屈自盡 而禁府監囚官 不謹守直 以致徑斃 請罷職 從之 都事 姜宗允也 永慶有孝友篤行 尊慕曹植 與鄭仁弘同志 相稱贊而名譽過之 旣居嶺南 多士宗之 朝中亦藉其論議 進退人物 聲勢甚張 門庭如市 永慶尙氣誼好臧否 黨論偏僻 惡之者 亦多 嘗倡言朴淳鄭澈皆可斬 故澈在鞫廳 受永慶供 旣退 有救解之言 仍以手畫頸曰 彼公常欲處我 如是 我是君子 到今日 豈容甘心 柳成龍曰 此非戲言之所 澈曰 唯唯 但欲他日以此言爲證案耳 又與李恒福相議 草箚伸救 永慶得釋 故不上 然永慶之獄 人多冤之 以爲澈內實修隙 而外爲救解矣

≪출전≫ 『宣祖修正實錄』 권24, 선조 23년(1590, 庚寅) 6월 1일(辛未)

남명 전기 자료

06. 사관史官이 최영경崔永慶의 옥사에 대한 공론을 논하다.

☐**사신은 논한다**☐ 최영경은 젊어서부터 고상한 행실이 있었으며, 효성과 우애는 천성에서 나온 것이었다. 부친의 상을 당해서는 집을 팔고 재산을 다 털어 장례에 석곽石槨을 썼다. 장성해서는 남명南溟 조식曹植을 사사師事하였다. 행동을 절제하는 것이 준엄하였고, 마음을 붙잡고 실천하는 것이 순결하였다. 가난을 편안히 여기고 분수를 지키며, 현달과 명예를 구하지 않았다. 조정에서 관작을 제수하였으나 모두 취임하지 않았다. <하략>

【史臣曰 永慶少有高行 孝友出於天性 遭父喪 鬻家傾財 葬用石槨 及長 師事南溟曹植 制行嚴峻 操履純潔 安貧守分 不求聞達 朝廷授以官爵 皆不就】

≪출전≫ 『宣祖實錄』 권146, 선조 35년(1602, 壬寅) 2월 7일(庚午)

07. 김우옹金宇顒은 조식曺植을 사사師事하였다.

　유근柳根을 예조 판서로, 조정趙挺을 동지춘추관사로, 김우옹金宇顒을 홍문관 부제학으로, 이수광李睟光을 이조 참의로, 구의강具義剛을 홍문관 부교리로, 홍식洪湜을 홍문관 부수찬으로, 목장흠睦長欽을 이조 좌랑으로, 권태일權泰一을 이조 좌랑으로, 권반權盼을 시강원 문학으로, 성준구成俊耉를 시강원 설서로, 김순명金順命을 군기시 정軍器寺正으로, 김선여金善餘를 옹진현령甕津縣令으로, 이형李瑩을 여주목사驪州牧事로 삼았다.

　【유근柳根은 사람됨이 밝게 살피되 성격이 편협하고 급박하였다. 글을 짓는 데 넉넉하고 민첩하였는데, 시에 더욱 장점이 있었다. 조정趙挺은 사람됨이 재간才幹이 있었으나 학식이 없었다. 이산해李山海의 문하생으로, 임국로任國老가 이조 판서로 있을 적에 조정이 이조 참판이 되었는데 혼탁하고 어지러운 행적이 있음을 면치 못하였다. 김우옹金宇顒은 젊어서 고故 처사處士 조식曺植을 사사하였다. 이 때문에 명망을 얻었으나, 만년의 지절志節은 드러난 것이 없었다. <이하 생략>】

　○ 柳根爲禮曹判書　趙挺爲同知春秋館事　金宇顒爲弘文館副提學　李睟光爲吏曹參議　具義剛爲弘文館副校理　洪湜爲弘文館副修撰　睦長欽爲吏曹佐郞　權泰一爲吏曹佐郞　權盼爲侍講院

文學 成俊耈爲侍講院說書 金順命爲軍器正 金善餘爲瓮津縣令
李瑩爲驪州牧使【根爲人 明察而性褊迫 文辭贍敏而尤長於詩
挺爲人 有幹才而無學識 出於李山海之門 任國老之爲吏判也 挺
爲參判 不免有濁亂之迹 宇顒少時師事故處士曹植 以是得名望
晚節無所著 <이하 생략>】

≪출전≫『宣祖實錄』권149, 선조 35년(1602, 壬寅) 4월 22일(癸丑)

08. 정호성丁好誠 등이 여러 향교와 서원에 서찰을 보내 정인홍鄭仁弘이 지은 「발남명집설跋南溟集說」을 비방하다.

성균관 유생 정호성丁好誠・허실許實・유희량柳希亮・최성원崔誠元 등이 팔도 여러 읍의 향교와 모든 서원에 서찰을 보내 정인홍이 지은 「발남명집설跋南溟集說」을 추악하게 비방하였다.

☐사신은 논한다☐ 영남嶺南은 인재의 창고이고, 사론士論의 근본이 되는 곳이다. 신라로부터 고려까지, 고려로부터 성조聖朝(조선)에 이르기까지 명유名儒・석사碩士가 많이 배출되어 국가의 원기를 부지한 것을 뚜렷이 상고할 수 있다. 지난 선왕조 때 퇴계退溪와 남명南溟 두 선생이 한 도에서 나란히 태어나 도학을 창도해 맑히고 의리를 열어 보이며 인심을 맑게 하고 세교世敎를 부지하는 것으로 자신의 임무로 삼았다. 그에 힘입어 점점 훈도되고 보고 느껴 흥기한 선비가 얼마나 많은지 모른다. 비록 쇠하고 어지러운 세상을 만나도 사람들이 자식으로서는 효도에 죽고 신하로서는 충성에 죽어 떳떳한 인륜으로써 금수가 아닌 데로 나가고 온 나라 안이 오랑캐가 되지 않은 것은, 어찌 이 두 선생의 공이 아라고 말할 수 있겠는가?

오직 그분들의 출처出處가 같지 않아 어떤 분은 도를 행하여 시대를 구제하는 것으로 마음을 삼고, 어떤 분은 은거하여 자기의 뜻을 구하는 것으로 즐거움을 삼았다. 그러나 그 귀추는 모두 도의道義에서 벗어나지 않는 것이었다. 군자가 어찌 굳이 똑같을 필요가 있겠는가? 두 문하의 문도들은 두 분의 학문적 깊이를 분명히 알지 못하고, 단지 그 분들의 행적만을 가지고서 서로 헐뜯고 비방하였는데, 몇 대가 내려오면서 더욱 심하였다. 그래서 뜻 있는 선비들이 개탄한 지 오래였다.

이번에 명색이 성균관 유생이라는 자들 몇이【생원 정호성·허실이 성세영成世寧의 외손 한언韓琂 및 양홍주梁弘澍의 사위 권집權潗 등과 더불어 그 일을 주장하여 유생들을 위협해 거느리고 지방에 통문을 보냈는데, 조금이라도 사리를 아는 사람은 모두 그들을 따르지 않았다.】남명의 문도들에게 감정을 품고서 정인홍의 「발남명집설」을 빌미로 각도에 글을 보내 선사先師를 모욕하고 희롱하는 데 못하는 짓이 없었다. 그들이 정인홍을 배척하면서 은근히 남명을 공격하고 퇴계를 추존하면서 드러내놓고 남명을 배척한 것을 보면, 지나치게 미워하는 마음과 매우 심하게 남명을 억누르고 퇴계를 찬양하는 것으로 설을 짓는 데 이르렀으니, 그들의 국량이 좁은 것을 드러내 보인 것이 많다.

남명은 은일의 선비로 학문을 독실히 하고 실행에 힘쓰며 도를 닦고 덕에 나아가, 정밀한 지식과 해박한 견문은 더불어 비견할 사람이 적었다. 예전의 어진 이들에 짝할 수 있고, 후학들에게 종사宗師가 될 만하였으니, 어찌 퇴계와 차이가 난다고 볼 수 있겠는가? 정인홍은 남명을 가장 오랫동안 종유從遊하여 그 의발

衣鉢을 전해 받은 자이다. 그는 퇴계가 구암龜巖[19]을 지나치게 허여한 것에 의심을 품고 있었는데, 남명의 문인들이 음부淫婦에 관한 말을 만들어 그의 공격을 거들었다. 그러자 그의 생각에 "저 구암은 매우 정직하지 못한 자이다. 남명의 악을 미워하기를 원수처럼 하는 마음에 있어서는, 그와 절교하는 것이 마땅하다. 그런데 혹자는 잘못 알고 남명이 너무 심했다고 귀결하니, 내가 스승의 뜻을 발명하지 않으면 천년 뒤에 누가 참된 시비를 알겠는가?"라고 여겨,「발남명집설」에 그 일을 대략 분변하였다. 그것이 비록 참람하고 망령된 일이라는 비방은 면할 수 없으나, 그 정상은 애처롭다. 아, 학술이 밝지 못하고 시비가 분명치 않아서 남명 같이 도학이 높은 분인데도 오히려 왜곡된 사인들의 비난을 면치 못하니, 다른 사람이야 어찌 말할 것이 있겠는가? 다만 백세 후에 지혜로운 자가 알기를 기다릴 뿐이다.

○ 成均館儒生丁好誠許䆫柳希亮崔誠元等 通書于八道列邑鄕校及諸書院 醜詆鄭仁弘跋南溟集說

【史臣曰 嶺南 人才之府庫 士論之根抵 自新羅至于高麗 自高麗迄于聖朝 名儒碩士 彬彬輩出 以扶國家之元氣者 班班可考 曩在先朝 退溪南溟兩夫子者 竝生於一道 倡明道學 開示義理 以淑人心 扶世敎爲己任 士子之薰陶漸染 觀感興起者 不知其幾人矣 雖當衰亂之世 人之所以爲子死孝 爲臣死忠 彝倫以之不斁 中國免爲夷狄者 何莫非兩先生之功耶 惟其出處不一 或以行道救時爲心 或以隱居求志爲樂 而要其歸 則皆不離於道義 君子何必

同被 兩家門徒 不能明知二公學問之深淺 徒執其迹 互相訾謷 迄
數世而滋甚 有志之士 慨嘆久矣 今者 名爲館學儒生數三輩【生
員丁好誠許寀與成世寧外孫韓琚梁弘澍女壻權溁等主張其事 脅
率章甫 通文于外方 稍知事理之人 皆不從焉】挾憾於南溟門徒
借鄭仁弘跋南溟集說 馳書各道 侮弄先師 無所不至 觀其指斥仁
弘而潛攻南溟 推尊退溪而顯排南溟 至以嫉惡之過抑揚太甚爲說
多見其不知量也 南溟一肥遯之士 篤學力行 修道進德 精識博聞
鮮與倫比 可以追配於前賢 宗師於後學 則豈可與退溪差殊觀哉
仁弘從遊最久 得其衣鉢之傳者也 見退溪過許龜巖而致疑 南溟
門下之人 設淫辭而助之攻 則其心以爲彼龜岩不正之甚者也 在
南溟嫉惡如讎之心 絶之宜矣 而或者誤以南溟爲已甚之歸 我不
發明其師志 則千載之下 孰知眞是非哉 故於集說 略辨其事 雖未
免僭妄之譏 其情則慼矣 噫 學術不明 是非不著 道學如南溟 而
尙未免曲士之議 他尙何說哉 直百世以俟知者之知耳】

≪출전≫『宣祖實錄』권189, 선조 38년(1605, 乙巳) 7월 24일(丙申)

09. 기축옥사 연루자에 관해 상소한 전 공조참판 정인홍에 대한 사론.

☐**사신은 논한다**☐ 정인홍鄭仁弘은 천성이 효성스러웠으며, 몸가짐이 강직하고 방정하였다. 젊어서부터 남명선생南溟先生에게 배웠는데, 남명이 큰그릇으로 여겨 '덕원德遠(정인홍의 자)이 있으면 나는 죽어도 죽지 않은 사람이 될 것이다.'라고 하였다. 정인홍도 남명을 존신하였다. 학문을 향한 전일한 마음을 독실히 하여 꼿꼿하게 앉아 책을 읽었는데 밤낮을 가리지 않았다. 사람됨이 모가 나고 날카로워 사람들과 화합하는 경우가 적었으며, 의리를 숭상하고 사악함을 미워하는 마음은 시종 흔들리지 않았다. 다른 사람과 논의할 적에는 칼로 자르듯이 명확하였고, 다른 사람에게 의롭지 못한 행실이 있다는 말을 들으면 고관대작일지라도 노예처럼 비루하게 여기고 원수처럼 미워하였다. 평소 알고 지내던 명유名儒·석사碩士로 불리던 사람일지라도, 아부하거나 구차하게 화합하는 태도가 조금이라도 있으면 절교하고 말을 하지 않았다. 사람들이 모두 그를 꺼리고 그 점을 병통으로 여겼지만, 조금도 개의치 않았다. 잠시 사헌부에 근무할 적에는 모든 관료들이 숨을 죽였고, 몇 차례 고을의 수령이 되었을 적에는 그 고을 사람들이 경외하였다. 비록 초야에 물러나 있을 적에도 강개하게 나라를 걱정하였다. 난리가 일어나자 의병을

일으켰는데, 자신의 공을 주장하지 않았다. 그의 지절志節과 조행操行과 풍도風度와 재단裁斷은 남들이 미치기 어려운 점이 있었다. 유성룡柳成龍과 크게 화합하지 못했는데, 두 사람의 문인들도 서로 배척하고 알력이 있어 남인당南人黨과 북인당北人黨의 갈등이 이에 이르러 더욱 심해졌다. 게다가 정인홍은 남명을 높이고 퇴계退溪를 깔보아 기롱하고 폄하하는 말이 글에 나타났다. 이때문에 사류들로부터 비방을 받았다.

史臣曰 仁弘孝性出天 操履剛方 自少從師南溟先生 南溟器之曰 德遠在則吾爲不死矣 仁弘亦尊信之 篤向學之專 危坐讀書夜以繼日 廉劌棘棘 與人寡合 尙義嫉邪之心 終始不撓 對人論議之際 劍鋒截然 聞人有非義之行 則雖高官大爵 鄙之如奴 疾之如讎 雖號爲名儒碩士 素所相識者 少有依阿苟合之態 則絶不與語 人皆憚而病之 略不介意 暫入柏府 百僚屛氣 屢宰州縣 邑人敬畏 雖居林下 慷慨憂國 臨亂倡義 不尸其功 其節操風裁 有人所難及處 與柳成龍大不合 二家門人 互相排軋 南北之黨 至此愈深 加以仁弘尊南溟而夷退溪 譏貶之辭 形於文字中 以此爲士類所詆

≪출전≫ 『宣祖實錄』 권211, 선조 40년(1607, 丁未) 5월 15일(丁丑)

조선왕조실록 등에 보이는 남명南冥 조식曺植 (2)

10. 조식의 문하에서 현저하게 일컬을 만한 사람.

경상도 유생 진사 정온鄭蘊 등이 상소하기를,

"엎드려 생각건대, 직도直道를 용납하기 어려운 것은 예로부터 모두 그러했습니다. 대신臺臣이 정인홍鄭仁弘의 유배를 청한 것은 참으로 당연합니다. 다만 한스러운 것은 성상께서 평소 은혜로 대우하시어 30년간 돈독했던 군신君臣 사이의 정이 하루아침에 갈라지게 된 점입니다. 신들이 전하께 호소를 하지 않을 수 없는 것은 정인홍의 원통함을 위해서 일뿐만 아니라, 전하를 위해 안타깝게 여기기 때문입니다. 삼가 바라건대 전하께서는 긍휼히 살펴주소서.

정인홍은 본래 강직한 성품으로 군자의 풍도風度를 일찍 들어 미력이나마 국가를 부지하는 것이 바로 그의 평소 의지입니다. 몸은 비록 산림에 있었으나 일심은 왕실에 있지 않은 적이 없었습니다. 그러므로 매번 조정에서 한 가지 정령政令이라도 잘못했다는 말을 들으면 걱정이 안색에 나타나지 않은 적이 없었으며, 연이어 피눈물을 흘렸습니다.

더구나 세자는 국가의 근본입니다. 세자를 일찍 세우는 것은 계책이 원대한 것입니다. 유영경柳永慶이 정권을 잡은 7년 동안을 보면, 이정구李廷龜가 한번 세자 책봉을 청한 뒤로, 전하께 아뢴 적이 없습니다. 재청再請·삼청三請이라도 하여 청을 들어줄 수 있는 계책을 마련해야 하는데, 서로 망각한 상태로 방치해 두었습니다. 그러니 그는 이미 대신으로서 나라를 위해 근본을 튼튼히 하는 도리를 잃은 것입니다.

〈중략〉

온 나라 사람들이 들은 것을 정인홍이 듣고, 온 나라 사람들이 본 것을 정인홍이 본 것이지, 어찌 일찍이 어떤 사람이 말을 지어내고 어떤 사람이 퍼뜨린 것이 있겠습니까? 전하께서 정인홍을 등용한 지 오래되었으니, 또한 그의 사람됨을 아실 것입니다. 정인홍의 병통은 마음이 고집스럽고 편협하여 남의 잘못을 용서하지 못하는 데 있습니다. 이 때문에 그를 미워하는 자는 많고, 그를 사랑하는 사람은 적습니다. 그의 충성스럽고 의로운 마음은 늙어서도 쇠하지 않았습니다. 이번 일은 간사하고 은밀한 자취를 혁파하고 위태롭고 의심스러운 형세를 안정시켜 종묘사직에 충성을 바치고, 나라에 근본을 견고히 하려한 것일 뿐입니다.

다만 그가 상소한 말 가운데는 몹시 분개한 데서 나와 과격한 곳이 없지 않습니다. 밝은 임금께서 알아주시는 것을 믿는다 하더라도 실로 잘 깨우치는 도리에는 어긋나니, 이로써 그에게 죄를 준다면 정인홍도 어찌 사양하겠습니까? 남의 사주를 받고 거짓으로 공론에 가탁하여 우리 임금의 부자지간을 이간시키고, 우리 임금의 조정을 혼란시켰다고 하는 것에 대해서는, 천지의 귀신이 위에서 굽어보고 곁에서 지켜보고 있으니, 만에 하나 그럴 리가 없고 만에 하나도 의심할 것이 없습니다.

정인홍은 어려서부터 성품이 산수를 좋아하고 영달과 진출을 기뻐하지 않았습니다. 전하의 은혜에 감격하여 출사出仕하기도 하고, 출사하지 않았기도 하였는데, 1년 동안 조정에 머문 적이 없었습니다. 더구나 지금은 나이가 73세나 되어 한 걸음 내딛는 것이 천리길을 가는 것처럼 여기고 있습니다. 또 하루하루를 보내는 것을 10년처럼 길게 느끼고 있습니다. 그의 담박한 취미는 일개 초야의 승려와 같습니다. 아들 하나를 두었는데 일찍 죽었고, 외톨이 손자는 나이가 아직 20세도 되지 않았습니다. 그런 그가 조정에 무슨 희망이 있어서 남을 모함하려고 하였겠습니까?

조선왕조실록 등에 보이는 남명南冥 조식曺植 (2)

아! 정인홍의 말은 온 나라 사람들의 말입니다. 말을 했다가 죄를 얻어 먼 곳으로 귀양을 가서 죽는 것은 참으로 그가 달게 여겨 유감이 없을 것입니다. 다만 생각건대, 전하께서 보위에 오른 지 40년 동안 절의節義의 풍도를 배양했습니다. 조식曺植의 문하에서 공부하여 현저하게 일컬을 만한 자로는, 최영경崔永慶·정인홍鄭仁弘 등 몇 사람에 불과합니다. 그런데 최영경이 앞서 죽었고, 정인홍이 뒤에 귀양 간다면 후세에 반드시 '아무 선비를 죽이고, 아무 선비를 귀양 보낸 것이 아무 시대에 있었다.'고 말할 것입니다. 그러면 전하께서 어떻게 해명하실지 모르겠습니다. 그러나 최영경이 죽은 것은 전하께서 죽인 것이 아니고, 모두 일시의 간흉姦兇의 손에서 나온 것이므로 몇 년 지난 뒤 전하께서 통촉하시고 남김없이 누명을 씻어주셨습니다. 그리하여 사관이 그 사실을 기록해 두었고, 온 나라 사람들이 칭송하였습니다. 전일 최영경의 일을 뉘우친 마음이 금일 정인홍의 일을 뉘우치는 단서가 되지 않으리라고 어찌 알겠습니까? 다만 생각건대, 정인홍이 궁벽한 유배지에서 비바람을 맞고 험난한 길로 유배를 가다가 경각에 달린 목숨이 길 위에서 죽기라도 한다면, 전하께서 비록 뉘우치려 하신들 어찌할 수 있겠습니까?

삼가 바라건대 전하께서는 임금을 잊지 못하는 정인홍의 충성을 살피시고, 결코 다른 뜻이 없었던 정인홍을 용서하시어, 우뢰 같은 위엄을 잠시 거두시고, 말소하거나 줄여주는 법전을 특별히 따르시면, 종묘사직도 다행이고 국가도 다행일 것입니다. 신들이 이런 말씀을 아침에 올리면 기이한 화禍가 저녁에 이르리라는 것을 모르는 바 아니지만, 바른 선비가 원통함을 품고 국사가 날로 잘못되는 가는 것을 목격하였으니, 차라리 말을 하여 진동陳東과 같이 죽음을 당할지언정, 차마 말을 하지 않고서 전하를 저버리지는 일은 하지 못하겠습니다. 엎드려 자리를 깔고 죄를 기다리니, 스스로 몸둘 곳이 없습니다. 신들은 몹시 절박하고 두려운 심정을 금할 수 없습니다. 삼가 죽음을 무릅쓰고 아룁니다."

라고 하니, '계啓' 자를 찍지 않고 도로 승정원에 내렸다.

○ 慶尙道儒生進士鄭蘊等上疏曰 伏以嗚呼直道難容 自古
皆然 臺臣之請竄鄭仁弘者 固其所也 獨恨夫聖明在上 恩遇有素
而三十載君臣 一朝行路 臣等之不得不號籲於五雲之下者 非獨
爲仁弘之冤 乃所以爲殿下惜也 伏願聖明矜察焉 仁弘本以勁直
之性 早聞君子之風 一絲扶鼎 乃其素志 雖在山林 而一心罔不
在王室 故每聞朝廷一政令之失 未嘗不憂形于色 繼之以血淚 況
儲嗣 國之本也 早建 計之遠也 見柳永慶秉政七年 而一自李廷
龜請封之後 未嘗建白 爲再請三請 期於得請之計 而置之相忘之
域 則已失大臣爲國固本之道也
　　<중략>
一國之耳 仁弘耳之 一國之目 仁弘目之 何嘗有某人之造語
某人之飛傳乎 殿下之用仁弘 未爲不久 則亦知其爲人矣乎 仁弘
之病 在於狷狹 不能容人之過 此所以惡之者多 愛之者少也 忠
肝義膽 老而不衰 今玆之擧 只欲破奸秘之迹 定危疑之勢 而輸
忠於宗社 固本於邦國耳 但其疏中之語 出於憤惋之極 不能無過
激處 雖恃明主之知 而實乖自牖之道 以此罪之 彼亦何辭 至於
爲人指嗾 假托公論 離間吾君之父子 濁亂吾君之朝廷 則天地鬼
神 臨之在上 質之在傍 萬無理也 萬無疑也 仁弘自少性愛丘山
不喜榮進 感激恩命 或出或否 而未嘗終一年留朝也 況今年七十
有三 望跬步如千里 度昕夕如十年 淡泊之味 一野僧如也 只有

一子 早歲見背 子子孤孫 年未弱冠 有何希望於朝廷 而欲爲傾
陷乎

嗚呼 仁弘之言 國人之言也 以言獲罪 竄死遐荒 固其所甘心
而無憾者也 獨念殿下臨御四十年 培養節義之風 游於曹植之門
而表表可稱者 不過崔永慶鄭仁弘數人 而永慶死於前 仁弘竄於
後 後世將必稱之曰 殺某士 竄某士 在某世 則不知殿下何以爲
辭耶 然永慶之死 非殿下殺之 皆出於一時姦兇之手 故不數年
而離明洞燭 昭雪無餘 史氏書之 國人頌之 安知前日悔永慶之心
不爲今日悔仁弘之端乎 顧念窮荒風露 道路間關 奄奄之命 未免
爲途上之鬼 則殿下雖欲悔之 其可得乎

伏願殿下 察仁弘之忠不忘君 恕仁弘之斷無他意 少霽雷霆之
威 特從末減之典 則宗社幸甚 國家幸甚 臣等非不知危言朝發
奇禍夕至 而目見正士懷冤 國事日非 寧言而伏陳東之誅 不忍不
言而負殿下也 伏藁待罪 無地自容 臣等不勝激切屛營之至 謹昧
死以聞 不踏啓字 還下政院

≪출전≫『宣祖實錄』권220, 선조 41년(1608, 戊申) 1월 28일(丙辰)

남명 전기 자료

11. 동부승지 김상헌金尙憲 등이 정인홍鄭仁弘의 차자箚子는 선현을 무함한 사특한 글이라고 아뢰다.

승정원이 아뢰기를,

"신들이 삼가 우찬성 정인홍의 차자를 보건대, 선정신先正臣 이황李滉이 일찍이 자기 스승 고故 징사徵士 조식曺植의 병통을 논한 일과 고 징사 성운成運을 단지 '청은淸隱'이라고만 칭한 것을 가지고 화를 내며 '무함하고 헐뜯었다'는 등의 말을 하기까지 하면서 이런저런 말을 모아 비방하고 배척하였는데 이르지 않는 곳이 없습니다. 게다가 선정신 이언적李彦迪까지 언급하며 그를 마치 원수처럼 보았습니다.

아! 정인홍은 그의 스승을 추존하려다 자신도 모르게 분을 이기지 못하고서 말을 함부로 함으로써 도리어 그 스승의 수치가 되었습니다. 신들이 일찍이 듣건대, 이황은 조식과 비록 왕래하며 상종하지는 않았지만 그의 평조 지절志節을 인정하고 그의 고상한 점을 취한 것이 자못 깊었다고 합니다. 그러므로 그의 서찰 가운데 '내가 그와 정신적으로 교유한 지 오래되었다.'라고 하였으며, 또 '평소 흠모함이 심했다.'고 하였으며, 또 '오늘날 남방의 고사高士로는 이 한 사람뿐이다.'라고 하였습니다. 그는 성운에 대해서도 '지극한 청은淸隱은 사람들로 하여금 공경심을 일으키게 한다. 오늘날 사람들이 그의 고상한 점을 잘 알지 못하는 것이 애석하다.'고 하였습니다.

이런 점은 이황의 말만 그럴 뿐이 아닙니다. 조식 또한 일찍이 이황에게 보낸 편지에서 '하늘에 있는 북두성처럼 평생 그대를 우러렀다.'고 하였습니다. 그렇다면 조식이 이황에 대해 성심으로 흠모한 것이 이와 같은데 이르렀던 것입니다. 그런데 정인홍은 '이황이 우리 선생을 무함하고 헐뜯었다.'고 하면서, 이구李覯 · 정숙우鄭叔友가 맹자孟子를 헐뜯고,[20] 양웅揚雄이 안자顏子를 논했던 일[21]에 비의하기까지 하였으니, 또한 심하지 않겠습니까? 이황이 조식에 대해 이른바 '노장老莊이 빌미가 되어 중도中道로 기대하기 어렵다.'고 한 것은, 그의 치우친 점과 병통이 되는 점을 논한 것에 불과하지, 조식이 벼슬하지 않은 것을 가리켜 말한 것은 아닙니다.

예로부터 대현大賢으로 성인에 가까운 백이伯夷 · 유하혜柳下惠 같은 인물도 오히려 편협하고 공손치 못한 병통을 면치 못했습니다. 이는 대체로 중용中庸의 지극한 덕은 성인이 아니고서는 능할 수 없기 때문입니다. 선유들도 백이에 대해 '조금은 노자老子와 비슷하다.'고 칭하였고, 또 '주렴계周濂溪가 지은 「졸부拙賦」는 황로黃老와 비슷하다.'고 하였습니다. 이는 한 가지 근사한 점을 말한 것일 뿐이니, 무함하고 헐뜯었다고는 말할 수 없습니다.

정인홍이 만약 이황이 그의 스승과 사이가 서로 좋지 않은 점이 있어서 이런 부족한 말을 했다고 한다면 그럴 수도 있습니다. 그러나 그는 실정 밖의 허다한 말을 스스로 만들었습니다. 그의 차자 중 이른바 '식견이 투철하지 못했다.'라고 한 것과 '사의私意가 가려 미혹시켰다.'라고 한 것은, 바로 스스로를 말한 것입니다.

선현을 문묘文廟에 배향하는 법에 대해 말씀드리자면, 이는 한 나라의 공공의 의논입니다. 선유가 실천한 것과 학문적 조예의 실상에 대해서는, 신들이 모두 말학末學으로서 쉽게 논변할 수 없습니다. 그러나 그 유풍流風 · 유운遺韻은 오늘날까지 사람들의 이목에 남아 있습니다. 세속에서 숭상하는 것이 크게 변하고, 선비들의 추향趨向이 한결같이 안정되었으니, 선유가 이치를 밝히고 도를 보위한 공은 '동방의 주자朱子'로 일컬어져도 참으로 부끄럽지 않습니다. 위로는 조정의 벼슬아치들로부터 아래로는 초야의 선비들에 이르기까지 모두 '그의 덕은 숭상할 만하고, 그의 공은 복종할 만하다.'고 하여, 문묘에 종사從祀하자는 청을 한 지 40년이나 됩니다.

우리 성상께서 즉위하신 뒤 흔쾌히 공공의 의논을 따라 속히 문묘에 종사하는 법전을 시행하셨습니다. 이는 실로 세상에서 보기 드문 성대한 일이자, 사문斯文의 큰 다행입니다. 그런데 정인홍은 감히 자신의 치우치고 사사로운 소견으로 앞장서서 그 일을 비난하여 위로 성상의 귀를 번거롭게 하였으니, 신들은 더욱 놀라움을 금치 못하겠습니다.

대체로 그가 한 말을 살펴보건대, 결코 화평한 심기에서 나온 말이 아닙니다. 마치 여염에서 다투며 따지는 사람들처럼 노여움에 분풀이를 한 듯한 점이 있습니다. 그러므로 다른 일을 들먹이는 짓까지 하였습니다. 군자의 다툼이 이와 같아서는 안 될 듯합니다. 그 마음에서 생겨 그 정사를 해치는 법이니, 한 쪽으로 치우친 설이 어찌 매우 미워할 만한 것이 아니겠습니까?

신들이 애초 한 마디도 변론하는 말을 하지 않았습니다. 그것은 삼가 생각건대 전하의 성학聖學이 고명하시니, 능히 통찰하고 명확히 분변하여 더욱 선유를 존중하고 숭상하는 도를 극진히 하심으로써 좋아하고 싫어하는 바른 이치를 보이실 것이라고 생각했기 때문입니다. 그런데 봉해진 차자箚子가 들어간 지 열흘이 지났지만 분명한 교지를 내리신 것을 아직 흔쾌히 보지 못해 사림은 마음 아파하고 여론은 답답해 하고 있습니다. 신들이 외람되이 가까이서 모시는 자리에 있다보니 끝까지 잠자코 있을 수 없어 감히 이렇게 아룁니다." 【이는 동부승지 김상헌의 글이다. 왕이 그것을 알고 언짢은 마음이 있자, 김상헌이 곧 사직하여 체직되었다.】

라고 하자, 임금이 답하기를,

"사람은 각자 소견이 있으니, 굳이 몰아세워 억지로 자기와 같게 할 필요는 없다. 더구나 그 차자에 대한 답을 아직 내리지 않았으니, 승정원의 계사는 너무 이른 것이 아닌가?"

라고 하였다. 【좌부승지 오윤겸吳允謙, 동부승지 김상헌이 함께 이 계사를 올렸는데, 김상헌이 계사를 초안하였다. 임금이 그것을 알고서 언짢은 마음이 있었다. 크게 노하며 그를 꾸지람하려 하였는데, 김상헌이 유씨柳氏[22]와 인척이 되는 까닭에 궁중으로부터 그 소식을 전해 듣고 즉시 사직하였다. 그가 병을 이유로 사직하는 소를 올리자, 왕이 체직시켰다.】

○ 政院啓曰 臣等伏見右贊成鄭仁弘箚子 以先正臣李滉 嘗論其師故徵士曹植病痛 及故徵士成運只稱淸隱 因此生怒 至以誣毀等語加之 捃撫詆排 無所不至 竝及於先正臣李彦迪 其視之 有若仇敵然 噫 仁弘欲推尊其所師 而不覺其忿懥所使 言悖而出 反爲其所師之羞也 臣等常聞 李滉與曹植 雖未嘗往來相從 而許其素節 取其高處 則殊不淺淺也 故其書札中 有曰吾與之神交久矣 又曰 素所慕用之甚 又曰 當今南方高士 獨數此一人 於成運亦曰 淸隱之致 令人起敬 惜時人不甚知其高耳

此非但李滉之言爲然 曹植亦嘗遺李滉書曰 平生景仰 有同星斗于天 然則曹植之於李滉 誠心傾慕者 至於如此 仁弘乃謂之誣毀 至以李覯鄭叔友之毀孟子 揚雄之論顔子比之 不亦甚乎 所謂老莊爲崇難要以中道云者 此不過論其偏處病處耳 非指曹植不仕而言也 自古大賢 雖以夷惠之近於聖 猶未免隘與不恭之病 蓋中

남명 전기 자료

庸之至德 非聖人 莫之能也 先儒稱伯夷微似老子 又云 濂溪拙賦
似黃老 此只言其一段相近處 不可謂之誣毀 仁弘如以李滉與其
師 或有不相喻處 而爲此不足之語云 則容或有之 乃於本情之外
自做許多辭說 其箚中所謂見識之未透 私意之蔽惑者 正自道也

至於陞享之典 乃一國公共之論也 儒先踐履造詣之實 臣等俱
以末學 雖不能容易論辨 而其流風遺韻 至今在人耳目 俗尙大變
士趨一定 明理衛道之功 見稱爲東方朱子者 誠不愧也 上自朝廷
搢紳 下及草野韋布 咸以爲其德可崇 其功可服 從祀之請 餘四
十年矣 値我聖上 快從公議 亟行祀典 玆實曠世之盛擧 斯文之
大幸 而仁弘乃敢以一己之偏私 倡言非之 至於上瀆天聽 臣等尤
不勝驚駭焉 大槩觀其所言 決非和心平氣之發 而有若閭閻鬪訟
之人 乘怒肆忿 故擧他事之爲 君子之爭 恐不如此也 生於其心
害於其政 偏跛之說 豈非可惡之甚者乎

臣等初無一言而辨之 竊念殿下聖學高明 想能洞察而明辨之
益盡尊尙之道 以示好惡之正 而封箚之入 已經旬日 明旨之降
尙未快覩 士林痛心 輿情懷鬱 臣等忝在近密 不敢終默然 敢此
陳啓 同副承旨金尙憲之辭也 王知之 有慍意 尙憲卽辭遞 答曰
人各有所見 不必驅策 强使雷同 況厥箚未下 政院之啓 無乃太
早乎【左副承旨吳允謙 同副承旨金尙憲 共爲此啓 尙憲草啓 王
知之 有慍意 大怒欲責之 尙憲與柳氏爲戚 故從宮禁傳聞之 卽
辭職 上辭疾上疏 王遞之】

≪출전≫『光海君日記』권40, 광해 3년(1611, 辛亥) 4월 8일(丁丑)

7. 기 타

01. 사헌부 집의 심명규申命圭 등이 조식의 문집에 대해 아뢰다.

사헌부 집의 신명규, 장령 박지朴贄, 지평 이우정李宇鼎이 아뢰기를,

"영남 진주 땅에 있는 선정신先正臣 조식曺植의 서원에는 조식의 문집이 있는데, 문집 속의 부록은 모두 적신 정인홍鄭仁弘이 선정신 이언적李彦迪·이황李滉을 비방하거나 광해조光海朝 때 흉적들이 정인홍을 숭상하는 내용입니다. 수십 년 전 한 선비가 이에 분개하여 문집 판본을 가져다 쪼개 버렸습니다. 이에 이의를 품은 하락河洛·하달원河達源·윤승경尹承慶 등이 도리어 판본이 훼손된 곳에 대해 깊이 원한을 품고 서원 안에 들어가 목공을 불러 다시 판각하고, 또 그 판본을 훼손한 선비를 벌하였습니다. 먼 지방의 나쁜 습속이 참으로 매우 한심합니다. 청컨대 경상감사로 하여금 조식의 문집 가운데 정인홍 등 여러 역적들의 패악한 내용을 속히 삭제하고, 아울러 흉적을 추존한 하락 등의 죄를 다스리소서. 〈하략〉"

라고 하니, 임금이 모두 따랐다.

　　○ 辛卯 執義申命圭 掌令朴贄 持平李宇鼎啓曰 嶺南晋州地
先正臣曺植書院 有曺植文集 而集中附錄 盡是賊臣仁弘醜辱先
正臣李彦迪李滉 及昏朝凶賊輩尊崇仁弘之文字也 數十年前 有
一士人輩 慨然於此 乃取而斷毁之 一種異議者 河洛河達源尹承
慶等 反以板本見毁 深懷憤恚 卽入院中 招工復刊 又罰其毁板
士子 逞方惡習 誠極寒心 請令道臣 亟取曺植文集附錄中仁弘諸
賊醜悖文字 盡爲毁去 仍治河洛等推尊凶賊之罪 <중략> 上皆
從之

　　　　≪출전≫『顯宗實錄』권18, 현종 11년(1670, 庚戌) 10월 7일(辛卯)

02. 영남인을 논하다.

임금이 대신大臣 및 비변사 당상관을 인견하였다. 좌의정 김재로金在魯가 아뢰기를,

"조정에서 영남 사람을 대우하는 것이 다른 도와 달라서는 마땅치 않습니다. 만약 다른 도와 구별하면, 어찌 다른 형적形迹이 없겠습니까?"

라고 하니, 임금이 이르기를,

"경의 말이 옳소. 어찌 합천陝川에서 정희량鄭希亮이 났다고 해서 합천 사람을 모두 버릴 수 있겠소. 지금 김성탁金聖鐸 한 사람 때문에 영남 사람을 모두 배척한다면, 어찌 옳은 일이겠소?"

라고 하였다. 병조 판서 민응수閔應洙가 아뢰기를,

"영남의 풍속이 이미 한 단계 변했습니다. 옛날은 모두 당색이 남인南人이었는데, 지금은 그 중에서 혹 다른 당색으로 바꾼 자도 있습니다. 비록 이름은 남인이라 하지만 기사년(1689년)의 일23)에 대해 이의異議를 제기하는 자도 있고, 본디 명류名流라고 일컬어졌지만 무신년(1728년)의 난리에 동참한 자도 있습니다. 또 혹 기사년의 일에 악행을 함께했지만, 무신년의 역모에는 참여하지 않은 자도 있습니다. 지금 김성탁 한 사람 때문

에 영남 사람 전부를 그르다고 해서는 불가합니다."

라고 하고, 김재로는 아뢰기를,

  "예로부터 영남은 이름난 사람이 배출된 지역으로 인재가 많이 나왔는데, 요즘은 이름난 사람을 들어보지 못했습니다."

라고 하니, 임금이 말하기를,

  "조정에서 모르고 있다. 인재는 다른 시대에서 빌어오는 것이 아니니, 지금이라고 어찌 전혀 인재가 없겠는가? 침체된 정사를 소통시켜 상하가 서로 힘쓰도록 해야 할 것이다."

라고 하였다. 김재로가 아뢰기를,

  "경상 좌도는 선정신 이황李滉이 살았기 때문에 삼가고 신칙申飭하는 기풍이 지금까지 남아있으며, 경상 우도는 조식曺植이 살았기 때문에 기절氣節을 숭상하는 풍습이 도리어 유폐가 되었습니다."

라고 하니, 임금이 말하기를,

  "근래 유신儒臣들이 늘 유학의 설을 진달하지만, 나는 항상 그 말류의 폐단을 염려한다. 조식은 기절이 높지 않은 것이 아니고 타고난 자질이 아름답지 않은 것이 아니었으나, 말류의 폐단이 오히려 이와 같다. 그런데 하물며 오늘날의 유학이야 말해 무엇하겠는가?"

라고 하니, 김재로가 아뢰기를,

　　"과연 그런 폐단이 있었습니다. 정인홍鄭仁弘 역시 조식의 제
　　자입니다."

라고 하였다. 장령 권현權賢이 전에 아뢴 일을 거듭 아뢰었으나,
윤허하지 않았다.

　　○ 引見大臣備堂　左議政金在魯曰　朝家之待嶺人　不宜與他
道異同　而若有區別　豈無形迹之異耶　上曰　卿言是矣　豈可以陝
川之有希亮　盡棄陝川之人乎　今以一聖鐸　盡冒嶺人　則豈可乎
兵曹判書閔應洙曰　嶺俗已變一層矣　古則皆南人　而今則其中或
有岐異者　雖名爲南人　而有立異於己巳者　雖素稱名流　而有同參
於戊申者　且或有同惡己巳之事　而不入於戊申之逆者　今不可以
一聖鐸　全非嶺人矣　在魯曰　自古嶺南名人輩出　人材蔚興　今則
無聞矣　上曰　朝廷不知也　才不借於異代　今豈全無人耶　疏通沈
滯之政　上下可相勉矣　在魯曰　左道則先正臣李滉所居　故謹飭之
風　至今存焉　右道則曹植所居　故尙氣節之習　反爲流弊矣　上曰
近來儒臣　每陳儒學之說　而予則每慮其末流之弊矣　曹植氣節非
不高矣　姿品非不美矣　而末弊尙如此　況今之儒學乎　在魯曰　果
有其弊　鄭仁弘亦曹植之弟子也　掌令權賢申前啓　不允

　　　　　　　　≪출전≫『英祖實錄』권44, 영조 13년(1737, 丁巳) 7월 1일(丁亥)

03. 영남의 방백으로 있다 돌아온 조재호趙載浩에게 영남의 풍속에 대해 묻다.

임금이 이조 판서 조재호를 불러 인견하였는데, 이는 조재호가 영남의 방백으로 있다가 체직되어 갓 돌아왔기 때문이다. 임금이 영남의 풍속에 대해 물으니, 조재호가 아뢰기를,

　　"경상 좌도의 풍속은 선정신 이황의 유법遺法을 지켜 분수에 안주하며 곤궁함을 잘 견디고 있으나, 경상 우도의 풍속은 조식曺植의 영향으로 오로지 기절氣節만을 숭상하고 있습니다."

라고 하였다. 임금이 도내에 쓸 만한 인재가 있는지를 묻자, 조재호가 아뢰기를,

　　"권상일權相一이 온 도의 중망을 받고 있습니다. 그의 문하에 유학하는 사람은 모두 단정한 선비들이니, 그 스승의 어짊을 알 수 있습니다."

라고 하였다.

○ 上召見吏曹判書趙載浩　載浩新以嶺伯遞來　上問嶺外風俗　載浩陳　左道之俗　守先正遺法　安分固窮　右道之俗　以曹植餘

風 專尙氣節 上問道內有可用人才否 載浩曰 權相一卽一道之望
游學其門者 皆端士 其師之賢可知矣

≪출전≫『英祖實錄』권77, 영조 28년(1752, 壬申) 8월 20일(戊申)

남명 전기 자료

Ⅱ. 『지봉유설芝峯類說』 소재 조식 관련 기사

01. 조남명曹南冥은 말하기를 조선은 서리 때문에 망할 것이라고 하였다.

조남명이 말하기를 "조선은 서리 때문에 망할 것이다."라고 하였으니, 통렬하고 절실한 말이라 하겠다. 오늘날에는 서리의 폐해가 더욱 심하다. 관리들은 아침에 바뀌고 저녁에 교체되어 자리에 앉아 있을 시간이 없다. 그런데 서리들은 젊어서부터 늙기까지 맡은 일이 한결같다. 그러니 잡았다 놓았다 늘렸다 줄였다 하는 권한이 오로지 그들의 손에 달렸다. 이들의 폐해는 장부를 뜯어 재물을 훔치는 데서 그칠 뿐만이 아니다. 세속에서 말하기를 "강속의 돌은 굴릴 수 있어도 서리를 옮길 수 없다."고 한다.

曹南冥云 朝鮮以吏胥亡國 可謂痛切 至于今日 吏胥之害滋

甚 爲官者 朝更暮遞 席不暇暖 而胥輩從少至老 任事自若 操縱
伸縮 專在其手 非止絶簿書盜財物而已 俗謂江流石不轉以此

≪출전≫ 『芝峯類說』 권16, 語言部, 雜說.

02. 남명의 노래.

우리나라의 가사는 방언이 섞여 있기 때문에 중국의 악부와 나란히 부를 수 없다. 예컨대 근세 송순宋純·정철鄭澈이 지은 가사가 가장 좋다. 그러나 입으로 회자되는 데서 그칠 뿐이니, 애석하다. 장가長歌로는 「감군은感君恩」·「한림별곡翰林別曲」·「어부사漁父詞」가 가장 오래되었다. 근세에는 퇴계의 노래[退溪歌], 남명의 노래[南冥歌], 송순의 「면앙정가俛仰亭歌」, 백광홍白光弘의 「관서별곡關西別曲」, 정철의 「관동별곡關東別曲」·「사미인곡思美人曲」·「속사미인곡續思美人曲」·「장진주사將進酒詞」가 세상에 성행하고 있다. 기타 「수월정가水月亭歌」·「역대가歷代歌」·「관산별곡關山別曲」·「고별리곡古別離曲」·「남정가南征歌」 등이 매우 많다. 나도 「전조천곡朝天前曲」·「후조천곡後朝天曲」 두 곡을 장난삼아 지었다.

我國歌詞 雜以方言 故不能與中朝樂府比並 如近世宋純鄭澈所作最善 而不過膾炙口頭而止 惜哉 長歌則感君恩翰林別曲漁父詞最久 而近世退溪歌 南冥歌 宋純俛仰亭歌 白光弘關西別曲鄭澈關東別曲思美人曲續思美人曲將進酒詞 盛行於世 他如水月亭歌歷代歌關山別曲古別離曲南征歌之類 甚多 余亦有朝天前後二曲 亦戲耳

≪출전≫ 芝峯類說卷十四 文章部七 歌詞

03. 조남명의 시.

　　조남명曺南冥의 시에 "이를 잡으며 어찌 굳이 세상사를 담론하리, 산을 말하고 물을 말해도 할 말이 많을 텐데."라고 하였고, 성대곡成大谷(成運)의 시에 "사람을 만나도 산 속의 일 말하길 꺼려지네, 산 속의 일 말하면 또한 남에게 미움을 받나니."라고 하였는데, 그 시어의 의미가 더욱 고상하다.

　　또 조남명의 시에 "사람들이 바른 선비 사랑하는 것, 마치 호랑이 가죽을 사랑하는 것 같지. 살아 있을 적에 죽으려 하다가, 죽고 나면 바야흐로 아름답다 칭찬하네."라고 하였는데, 이 말은 반드시 격앙된 바가 있어 노래한 듯하다. 바로 시속의 병폐를 꼬집은 것이다.

　　曹南冥詩曰　捫蝨何須談世事　談山談水亦多談　成大谷詩曰逢人不喜談山事　山事談來亦忤人　語意更高

　　曹南冥詩曰　人之愛正士　愛虎皮相似　生前欲殺之　死後方稱美　此言必有激而發　正中時病矣

≪출전≫『芝峯類說』권13, 文章部六, 東詩.

1) 이는 주자가 경敬을 해석한 말이다.

2) 이는 『서경』 「무일無逸」에 보인다.

3) 사량좌謝良佐 : 1050~1103. 자는 현도顯道, 호는 상채上蔡이며, 하남성 여남汝南 상채上蔡 사람이다. 이정二程의 문하에서 수학하여 '정문사선생程門四先生'으로 일컬어졌다.

4) 누런……사람 : 중국 송나라 인종仁宗 때 조개趙槩라는 사람은 누런 콩과 검은 콩을 옆에 놓아 두고서, 마음속에서 착한 생각이 나면 누런 콩을 넣고, 악한 생각이 나면 검은 콩을 넣으며 자신을 경계하며 살폈다고 한다. 『각소편郤掃編』에 보인다.

5) 숙흥야매잠夙興夜寐箴 : 송나라 때 진백陳伯이 지은 잠으로, 아침 일찍 일어나서 밤늦게 잠자리에 들 때까지 일상에서 조심해야 할 마음가짐을 기록한 것이다.

6) 시정寺正 : 시寺는 종부시宗簿寺·봉상시奉常寺·사도시司䆃寺 등 육조에 속한 관청을 가리키고, 정正은 그 관청의 장관으로 정3품 당하관의 직이다.

7) 육행六行 : 경명經明·행수行修·순정純正·근근勤謹·노성老成·온화溫和.

8) 순경荀卿 : 흔히 '순자荀子'로 일컬어지는 순황荀況을 말함. 전국시대 조趙나라의 유학자이다.

9) 이사李斯 : 순자의 문인으로 진시황 때 분서갱유를 주도한 사람이다.

10) 편비編裨 : 편장編將·비장裨將을 가리키는 말로, 각 군영의 부장副將을 말한다.

11) 관절關節 : 요직에 있는 사람에게 뇌물을 주고 청탁하는 것을 말함. 요직과 뇌물이 서로 접하는 지점을 관문 또는 마디에 비유한 말이다.

12) 공홍도公洪道 : 충청도를 말함.

13) 오현五賢 : 정여창鄭汝昌·김굉필金宏弼·조광조趙光祖·이언적李彦迪·이황李滉을 가리킨다.

14) 수사학洙泗學 : 공자의 학문을 말함. 공자가 살던 곳이 수수洙水·사수泗水 지역이었으므로 후대에 공자의 학문을 수사학이라 불렀다.

15) 염락濂洛 : 북송 시대 신유학을 창도한 염계濂溪의 주돈이周敦頤, 낙양洛陽의 정호程顥·정이程頤를 가리킨다.

16) 오현五賢 : 문묘에 종사된 정여창·김굉필·조광조·이언적·이황을 말함.

17) 순우淳祐 : 남송 이종理宗의 연호로 1241~1252년이다.

18) 염락관민濂洛關閩 : 송나라 때 염계濂溪의 주돈이周敦頤, 낙양洛陽의 정호 程顥・정이程頤, 관중關中의 장재張載, 민閩 땅의 주희朱熹 등을 가리킨다.

19) 구암龜巖 : 경남 사천에 살던 이정李楨(1512~1571)의 호이다. 남명을 종 유하며 가까이 지냈으나, 만년에 하종악河宗岳 후처의 음란에 대한 처리 를 둘러싸고 이견이 생겨 남명이 절교하였다.

20) 이구李覯・정숙우鄭叔友⋯⋯헐뜯고 : 정숙우는 정원鄭原임. 이구와 정원 은 송나라 때 사람으로, 『상어常語』・『예포절충藝圃折衷』에서 맹자를 헐 뜯었다.

21) 양웅揚雄이⋯⋯일 : 양웅은 한나라 때 사람으로 『법언法言』에서 안회顏回 를 제 몸만 아낀 흙덩이 같은 사람으로 비방했다.

22) 유씨柳氏 : 광해군의 부인 문성군부인文城郡夫人 유씨를 말함. 유자신柳自 新의 딸이다.

23) 기사년의 일 : 기사환국을 말함. 서인이 실세하고 남인이 집권한 것을 가리킨다.

저자 약력

1954년 강원도 원주 출생
성균관대학교 한문교육과 졸업
동 대학교 대학원 문학석사, 문학박사 학위 취득
한국고전번역원(구 민족문화추진회) 연수부 및 상임연구원 수료
한국고전번역원 국역실 전문위원
현 경상대학교 인문대학 한문학과 교수
동 대학교 남명학연구소장

논저 및 역서

『성호 이익의 학문정신과 시경학』,『한국경학가사전』,『중국경학가사전』,『나의 남명학 읽기』,『남명과 지리산』,『남명정신과 문자의 향기』,『송원시대 학맥과 학자들』,『유교경전과 경학』,『선인들의 지리산 유람록』,『용이 머리를 숙인 듯 꼬리를 치켜든 듯』,『성호사설』,『국역 남명집』

남명 전기 자료
조선왕조실록 등에 보이는
남명南冥 조식曹植 (2)

인 쇄	2009년 6월 1일
발 행	2009년 6월 10일
편 역	최 석 기
발행인	한 정 희
편 집	신학태 김하림 문영주 정연규 최연실 윤수진
영 업	이화표 관리 하재일 양현주
발행처	경인문화사
주 소	서울특별시 마포구 마포동 324-3
전 화	02-718-4831~2
팩 스	02-703-9711
이메일	kyunginp@chol.com
홈페이지	http://www.kyunginp.co.kr	한국학서적.kr
등록번호	제10-18호(1973. 11. 8)

값 9,500원
ISBN 978 89 499 0652 2 03010